硬，水分在缓慢蒸发。不知过了多久，陈眠扯掉毛巾，想：慧慧现在在干吗呢？

他“闭关”在家的日子里，只有慧慧经常来看他，帮他做做家务，收拾收拾衣服，偶尔做饭。她对自己做饭的手艺不大自信，事实上，慧慧对自身诸多方面都缺乏信心。大到性格、观念，小到容貌、衣着，她经常会犹豫再三。而在陈眠看来，她是个少见的好女人，最重要的是，在自己失业这段时间，一直都是慧慧在资助他，否则他早就被房东扫地出门了。

他突然强烈地思念慧慧。这种情形只在他们刚交往的半年内出现过，之后，当他发现慧慧对自己越来越依赖，便下意识地与她保持了距离，轻易不再表现得过分亲密。为什么会这样？他曾认真思考过，但也知道这种问题根本没有答案，或者说一切因素都是答案。慧慧的依赖使他产生了隐隐的不安。所以他打消了与她合租的念头，坚持自己一个人生活，况且，他还有过敏的症状作为正当理由。

事实也确实如此，即使是慧慧——目前他生命中最亲密之人——接触他皮肤时也会引起过敏。“不要跟我靠得太近。”他不止一次对慧慧说道，语气强硬，像是下命令。话说出口的瞬间，慧慧显得很受伤，但随即就恢复过来，笑着自言自语起来。

有时，他会没来由地厌恶慧慧这种委曲求全的姿态。为什么不跟我吵一架？为什么不打我一顿？他胡乱发脾气，就是想激怒她，可每次都无功而返。慧慧只是默默忍受。“是我的错，”她仿佛犯错的小学生，“是我搞砸了。”看到她委屈的神情，他也于心不忍，觉得心里十分难受。他知道自己其实离不开慧慧。

日子就这样过下去。慧慧总是这样温顺、体贴，把错事都包揽在自己身上。而这正是让他心焦的原因。他试图说服自己：要知足，能遇到慧慧这样的女孩是幸运。但是，他知道自己对这种日子越来越不耐烦，绝望也在日益加深。

生病的日子，慧慧似乎没有来过——说“似乎”，是因为陈眠自己也不确定。那几天，他烧得迷迷糊糊，就算有人来过，也可能不记得，或者当成了梦境和幻觉。生病时，梦与现实不再泾渭分明，而像两种染料彼此渗透。他喜欢这种感觉。他喜欢任由房间旋转，天花板低垂，那些现实中从未露面的人物在他床前来来回回。还有一些更加虚妄的内容，如同植物，粗壮的植物疯长，浓郁的果子在他耳里胀裂……他一直推测，正是这些毫无边际的梦境加重了炎症，并将他推向濒死的边缘。好在身体已恢复正常。没错，他依然很虚弱，刷牙时手臂会感到酸痛，口腔里也总是干巴巴的。他知道自己曾脱水，是生存的本能使他挺了过来。

现在，他坐在书桌前，想着那本被无数次退稿的航海小说。他准备大改一次，首当其冲的就是主人公的身份——小说中，主人公是一位作家。写作时，陈眠觉得这个设定更容易使自己投入感情，可现在回看，却觉得恶心。他想删掉主人公的身份。当他决定这么干时，竟产生了“杀掉自己”的隐秘快感。他还想着一会儿出去转转，慧慧总是告诫他：窝在家里有害健康——无论是身体还是心理的。

敲门声就在这时响起。陈眠控制不住地哆嗦了几下。对于电话铃、敲门声之类毫无征兆就发生的事，陈眠总是心怀恐惧。椅子腿向后撤了几厘米，与地板发出刺耳的摩擦声。陈眠扭过上半身，将一只胳膊搭在椅背上，双眼死死地盯住门的方向。安静了几秒钟后（犹如心跳忽而空拍），敲门声再次响起。

不是慧慧，她有家里的钥匙，从不会敲门。也不是快递，他没订任何东西。敲门声又安静下来了。屋子里更加寂静，好像四周的家具也在屏息聆听，猜测来者何人。陈眠慢吞吞地来到客厅的门前，从猫眼向外张望。

门外，站着两个穿灰色风衣的男人。猫眼使他俩的身材都有些变形，上半身显得格外突出，致使整个身体比例十分不协调。他们一动不动地站在门外，像忠厚的仆人般双手下垂，交叉在大腿根前。陈眠注意到，两个人的双臂都又细又长。

没有办法，刚刚椅腿的挪动已经暴露了家里有人的事实。陈眠只得打开门。

“噢，”其中一个说道，“你是陈眠。”

“我是。”陈眠说。

穿灰色风衣的两个男人对视了一眼，好像在询问对方下一步该怎么办。他俩的年龄和精瘦的体形、细高的个头、正式而稍显滑稽的穿着几乎一模一样，就连长相都很相近，都是一副孱弱却神采奕奕的模样，眼神中燃烧着生命的焰火。

“你们是……”

其中一个从上衣口袋掏出黑色小本，草草在陈眠眼前晃了晃，又揣了回去。陈眠根本没能看清，“这是什么？你们到底是谁？”

“跟你说了多少次，不要搞这些花招。”另一个人显得有些气恼，用责备的语气对刚刚掏小本子的伙伴说，“直入主题往往是最好的方式。”

“你说得没错。”伙伴窘迫地笑了笑。

“我们是想问你一些事情。”那个人说。

“关于一个叫慧慧的女人。”另一个人说，“她失踪了。”

他们慢腾腾地走进陈眠的房间，环顾左右，仿佛在估算这间房子里东西的价格。陈眠租住的房间狭小，大概只有十几平米。尽管这两人身材瘦削，但走进去仍占据了很大的空间。其中一个站在书架前，把脸凑近玻璃门，细细打量里面摆放得严丝合缝的书籍。这些书都是陈眠在不同时期、不同地方收集来的，大多还没来得及读，有些甚至连塑料膜都没拆。那个人眯起眼，仔细阅览着书脊上的书名。而他的同伴显然没这种耐心——后者正双手插兜，站在书架一旁，背靠墙壁。他用不同寻常的警觉目光盯着陈眠。他的眼神使陈眠很不自在，好像只用眼神就能让人浑身起疹子。

“你们到底是干吗的？”陈眠坐在床头（这样可以节省一点空间），扬起脸冲他们说。他可以觉察到自己语气里的不满情绪。他无意掩饰。

那个被书籍迷住的人终于缓缓转过身来，面带微笑，轻轻将椅子朝自己这边拉过来，然后坐上去。过程中几乎没发出响动。而另一个人，仍双手插兜站着，面无表情地保持着刚才的姿势。

“我们没有恶意。”坐在椅子上的人和善地说，“你难道忘了，我们一进门就说明了来这儿的原因。”

陈眠的身体往里缩了缩——他不想触碰到那个人的膝盖。

“你们刚才说了什么？”陈眠尽量克制不去看另一个人的眼神，“我怕……理解有误。”

“那我再重复一次，这回可得听好啰。”椅子上的人此时斜着身子，右臂撑着书桌，正对着陈眠，“慧慧失踪了。你认识这个人吗？”

“当然，我认识，她是我女朋友。”陈眠干巴巴地说，“你说她失踪了是什么意思？”

“你还真把我问住了。”他说，“失踪是什么意思？按照我个人的理解，就是她脱离了原先的生活秩序——她的住所、她的工作、她的亲人和朋友，以及一切社会关系，下落不明。正常情况下，我们每个人都被这些社会秩序勾连，秩序保障了我们的安全。而脱离它，意味着可能置身于危险的境地。当然，情况也分许多种，有些是自愿，有些是被迫，由于某些不可抗的原因。这时就需要有人去弄明白到底发生了什么，并且找出对此负责的人。”

陈眠不确定自己是否受到了愚弄。“可是我不知道，”他觉得自己的声调有气无力的，“我不知道发生了什么。在你们来之前，我根本没想过慧慧会失踪。”

“我知道你很惊讶，甚至还很难过。不过不用着急，让我们一步步来。”说着，坐在椅子上的人扭过头，向同伴示意。那个一直靠在墙边冷眼旁观的人从大衣兜里掏出一个黑皮笔记本，还有一根圆珠笔，递过来。

“谢谢。”他低声对同伴说道。然后打开笔记本：“我们想知道，你最后一次见到慧慧是什么时候？”

“我不记得了。”陈眠双手抱膝，把脸埋进双腿之间，闻到了自己身上一股难闻的味道，“我生了一场大病……我不确定慧慧有没有来过……甚至不确定那究竟是梦还是现实……”

“这可难办了。”

陈眠抬起头。他看到坐在椅子上的人“啪”地合上笔记本，然后缓缓站起身。在房间里，他的身材更显高大。他活动了几下胳膊，然后猛地挥来一拳。

陈眠眼冒金星，房间迅速旋转起来。

天光泯灭……

2

陈眠睁开眼睛。

梦的残影仍停留在他身上，仿佛始终无法对焦的影像正努力将自己拼凑完整。他感觉到四周都在摇晃，如同置身漂流的陆地。这让他想起小时候，最初的记忆——光着身子坐在浴盆里，而浴盆漂浮在与幼小的婴儿相比显得硕大的浴池里。世界也是像现在这样，漂浮不止，似乎随时可能倾覆。

我在哪儿？他的头一点也不痛，只是空空如也。短时间内，有谁把他的记忆抽空了。梦的感觉正在从体内退潮，指尖触摸事物的感受开始真实可信。他猛地坐起身，额头撞到了什么坚硬的东西。他忍不住重新躺下，发出呻吟。

“怎么了？”一个女人听到了响动，弯腰走进来。

陈眠轻揉着头上肿起来的包。“不小心撞了下，没事。”他看向那女人，认出是慧慧。忽然间，一股莫名的情绪涌上来，堵住了他的喉咙。他不知道自己怎么回事，紧紧地握住了慧慧的手。

慧慧露出困惑的微笑，坐在床边，凝视陈眠的眼睛。

“你的眼睛很好看。”慧慧说，用另一只手轻抚他的脸颊。

“刚才，我做了一个噩梦……”

“什么梦？”

那种情绪再一次出现。他一时说不出话来，只能用呜咽般的声音说：“我梦见你消失了，谁也不知道你去了哪里……然后……”他不想再说下去了。

“我在这儿。”慧慧更用力地握着陈眠的手，“你感觉怎么样了？前两天你吐得厉害。”

陈眠皱了皱眉，像是不明白慧慧的意思。

“没想到你晕船这么厉害。”慧慧笑着，“我倒是没什么反应。”

晕船？陈眠这回小心地坐起身，才发现头顶也是床铺。他光着脚，踏在冰凉的地面上。四周仍然在摇晃，不是梦。慧慧扶着他的一只胳膊，仿佛在搀扶病人。这让陈眠觉得有些好笑。他轻轻地摆脱了她的手，独自站立。

这是一间逼仄而昏暗的小屋子，设计得像是小型仓库。光线从敞开的门和圆形的小窗照射进来，仿佛沾满了灰尘。天花板低矮，几乎与他的头顶平齐。

陈眠穿着单薄的红色睡衣，上面缀满无意义的斑点和条纹，富有异域色彩。他弓起身，朝圆形小窗望出去——

一望无垠的海水，沐浴在金黄的光芒中，如同熔化的金属。阳光太强烈了，天空反而显得相对黯淡，像是敞开的巨大深渊。陈眠终于想起来了，他们是在一艘通往荒僻小岛的帆船上。“我想去甲板上走一走。”他说。

他们来到甲板上，站在护栏前。

万里无云的天气，阳光比预料中还要强烈。空气炎热，甲板早已被灼烧得滚烫，热气呼呼地朝他们赤裸的小腿喷涌。船匀速地行驶，蓝色的帆无力地耷拉着。陈眠眯起眼睛，戴着遮阳帽，望向远处。什么也没有，除了空荡荡的海水，和引擎单调的运转声。某些时刻，他觉得船并未移动，只是静止在海面上。

“我们在穿越赤道无风带。”慧慧在他耳旁轻声说道。

雨无休无止。天空中的密云总是来去匆匆。几分钟前还是艳阳天，突然间就阴云密布，细细的雨丝转眼变成瓢泼大雨。雨冲刷着甲板和船舱。即使这种时刻，船依然行驶得非常平稳。没有风，海面也掀不起多大浪花，只是漠然地吞咽雨水。陈眠和慧慧坐在船舱里，沉默无语，呼吸着海水的腥咸味。这种味道他们在旅途中早已习惯，但下雨时会格外强烈。陈眠靠在床头，似睡非睡。他对这次旅行早已厌倦，甚至暗暗祈祷遇到风暴或是海啸。然而，迎接他的只有似乎永无尽头的大海、雨水、令人虚脱的日光，以及沉默。没有丝毫波澜和惊险，除了语言，没有遇到多少麻烦，使得他的南洋之旅有些有名无实。

但他究竟想要什么？连他自己也说不清。难道他真的期待危险吗？还是说，只是自己天真的幻想，想要摆脱庸常生活的自我欺骗？陈眠更加疲倦了，不止一次想要快点回家去，至少在家里不会呕吐——连续四天的航行，晕船让他什么也吃不下，只是干呕。无论是身体还是精神，他都早已虚弱不堪。

慧慧倒是保持着旅行者应有的热情。晴朗的日子里，她总是闲不住地从船舱到甲板来来回回，丝毫不顾及会被晒黑；下雨时，她趴在舷窗前，凝视雨中的海面，还不时用手指着说：“看！”

陈眠只是随口应和着，并不知道（也没兴趣知道）她究竟看到了什么。

天很快就晴了。金属箔一样的阳光扫荡了天边的云层。刹那间，世界又明亮起来。陈眠从舷窗看到刚刚驶过的地方——积雨云仍聚集在那里，雨幕仍连接在天海之间，像是拥有巨大石柱的远古建筑停留在海水中，或是朦胧的海市蜃楼。过不了多久，他们会再次一头扎入雨水的城邦。

日升日落，每天重复着同样的步骤。陈眠醒来时基本都会错过日出，而慧慧每天起得很早，来到甲板上看太阳升起。“很美。”慧慧说，然后便闭口不言，仿佛因自己词汇量的匮乏而羞愧。过了一会儿，她问：“有灵感了吗？”

“有一点。”陈眠应付道。实际上，这趟旅行令他产生了放弃写作那本航海冒险小说的念头，但他并没说出口。“那就好。”慧慧朝他笑笑，继续望向平静的海平面。

日落时分是陈眠最喜欢的，也是漫长的航行中他唯一期待的时刻。每当这时，慧慧反而会躲进船舱里，直到黑夜来临。

“为什么不出来看看？”陈眠戏谑地模仿着慧慧的口吻，“很美。”

“我不喜欢。”慧慧的身体在夜色中似乎缩小了。很多个梦里，陈眠总是看见她缩小成婴儿的模样。他会对她产生无尽的怜爱——但只是在梦里。很奇怪，一旦梦醒，那种情感就消失无踪了。

第七天的中午，他们终于抵达了海岸。踏上码头地面的瞬间，陈眠一个趔趄，差点摔倒。是好心的当地船员扶着他行走了最初的几十米。那个年轻的船员皮肤黝黑，长手长脚，身上没有一点赘肉。陈眠低声说了声“谢谢”，不知对方能否听懂。年轻船员笑了笑，露出雪白的牙齿，松开了手。

他们穿过遍布码头四周的下等酒馆，穿过泥泞不堪的道路，呼吸着空气中弥漫的水果腐烂和动物粪便的味道。慧慧对一切都感到新奇——路边卖木杆、竹席、挂毯的小贩，大象的脚印，当地人住宅门口神秘的宗教符号。路上人多的时候（往往三分之一是游客），她会抓住陈眠的手，像是一个怕走丢的孩子。异国的环境似乎使他俩的关系更紧密了，那不仅仅是由情感维系的相对脆弱的关系，更是一种类似互相依靠的盟友关系——毕竟他们共同置身于完全陌生的环境、语言和面孔之中。

陈眠刚登岸时就感觉身体不适。现在，他混迹在逼仄的街道上，稠密的人群中，蚊虫见缝插针地游弋在人们裸露的皮肤之间，产下肉眼看不见的卵，或是叮入那薄薄的保护层，汲取维持繁衍的养分。他们背着行李包，衬衫早已被汗水浸透。

毒辣的太阳悬在每一个人的头顶，照耀着枝叶粗大而油亮的热带植物。

旅馆里，各种肤色和年龄的旅客聚集在一起，用各种语言高声呼喊或是互相攀谈。为了省钱，陈眠和慧慧与其他四个人挤在同一间男女混住、通风不畅的小客房里，因语言不通而面面相觑。客房如火车车厢般狭窄，尽管这里的每个人都身材瘦削，但只要离开床站起身，仍会占据大半空间。房间完全是用木头搭建的，他想：一把火就能将这里从地球上抹去。半睡半醒中，陈眠总感觉有人在自己床边走来走去，但是他懒得睁眼。这里的一切似乎都能发出一种箭矢射出后弓弦回响般的嗡鸣——尽管他也分不清那是不是来自自己脑中的声音。

大声吵闹。烟雾缭绕。光脚的孩子整日在木头地板上奔跑……慧慧建议他出门逛逛。

“难道咱们来这儿就是为了躺着？”

当然不是。他们为了此行准备了很长时间，甚至几乎花光了原就不多的积蓄。

“好。”陈眠用手背拭去额角冒出的汗水，“咱们出去走走。”

只有夜晚降临他才愿意出去。街上的人比白天还要多，从旅馆走到吃饭的夜市，已是摩肩接踵。陈眠和慧慧都穿着短袖衬衫和宽大的短裤，路灯下，能看见如灰尘般四处飞舞的蚊蝇。

“我被叮了好多包。”陈眠使劲挠胳膊肘的痒处。其实他浑身都在发痒。

“我也是。”慧慧说。她左顾右盼，挑选中意的街边小馆，鼻翼处挂着的汗滴闪烁着光泽。

后来，他们坐到一家小吃摊的折叠桌前。慧慧点了一份炒粉。她的肤色晒深了许多，也不再化妆，头发凌乱地梳拢在脑后。陈眠盯着她,几乎没动自己面前的腊肉拌饭。她专心地吃着，不时望向街道上的人群，却从不与他对视。

陈眠喜欢看她扭头时颈项与脊背呈现的线条。她好像又瘦了，衬衫空荡荡地贴在渗出汗渍的身上。片刻后，她又低下头继续吃炒粉，因为辣椒酱的缘故倒吸着气。

他想跟她说说梦，那个可怕的梦。但是一个更加可怕的念头萦绕在他心里：一旦说出口，话语便会成真。

这段时间，陈眠的指甲长长了，里面蓄满了泥垢。这样的壳也是有生命的，他想。他举起双手端详着。月光明晃晃的，但照不到他的床上。他用指甲抓挠手臂、前胸和大腿，那种刺痒已经弥漫全身。白天，他也是挠啊挠啊，看着皮屑簌簌落下。最难过的是后背，总有够不到的盲区，只能靠在床单上蹭来蹭去解痒。

“怎么回事？”慧慧在黑暗中睁开眼。

“不知道，好像更严重了。”陈眠嘟囔着，在身上抓来抓去，“好像被蚊子叮了不少包。”

“我怎么没事……”慧慧打了个哈欠，随即想起了什么，连忙坐起身，“是不是有虱子？”

陈眠皱了皱眉。同屋的舍友睡得香甜，鼾声此起彼伏。外面的街道上仍有零星的交谈声，不时能听到机车的引擎声倏忽而过。不知名的虫子在叫——连续叫几声，然后陷入沉默，几秒钟后又开始急促地叫起来，如此往复。在异国，连虫鸣也是陌生的。陈眠坐起身，一边挠痒一边看向门外露出的灯光。

慧慧哧哧笑起来。

“你这样儿，好像一只猴子。”

陈眠没有搭话。此时，他赤裸着上身，双手并用，消灭着刺痒的部位。这使他想到了打地鼠的游戏。打下去，又冒上来。

“你生气了？”慧慧不再笑了，轻轻地碰了碰他的手。

“没有。”陈眠避开了她的触摸。原本他并未在意慧慧说了什么，但她的探问，那种语气，那种小心翼翼的态度，却让他莫名烦躁。虫子还在不停地叫。他想到了那部半途而废的航海小说，他从未想过那些漂亮的水手是否也曾被虫鸣扰得心烦意乱。

“我出去走走。”陈眠说。话语中并未包含慧慧，这一点她也觉察到了。他套上衬衣，踩着拖鞋走出屋子。

他走了很远。夜晚，天气依然炎热。大街上没什么人，白天里聚集此地的游客已暂时散去。有些当地人正在不紧不慢地收起白天搭起的棚子，陈眠觉得他们很像他想象中收拢风帆的水手。独自一人走在寂静的夜色中，他的瘙痒得以缓解，脑子也变得明澈，对那部小说又有了继续写下去的冲动。

他沿着一条笔直的公路往前走。风从道路两边高大繁盛的乔木、恣意生长的灌木丛中刮来，从敞开衣衫的前胸、小腹和腋下钻进陈眠的身体。

拍照。掩映在山林中的小小神庙。游人如织。维持秩序的士兵，真枪实弹，个个年轻。警示牌：不许触摸神像。五种语言。拍照。参拜的人。跪在神像前，双手合十，口中喃喃自语。大多是本地女人。守护的士兵望向远处，眼神空洞，像是在回忆。寸头。步枪扛在肩上。神庙前的纪念品商店。饮料自动贩卖机。停在电线杆底下的摩托车。拍照。宽大的芭蕉树。溽热。脖颈缝隙里的汗水。商店老板用扇子驱赶苍蝇和蚂蚁。太阳落得很慢，山林已经黯淡下去，但天边仍红日当空。云在燃烧。

陈眠和慧慧在神像前转了一圈，走出神庙，各自拧开手中的矿泉水瓶盖。他们找到阴凉处，铺了一块布，坐在草地里，从背包拿出热狗和路上买的当地小吃。成堆的游客从他们面前走过。旅行团挥舞着小旗子，导游用他们感到亲切的语言介绍当地的历史故事。在这里，陈眠感到久违的宁静。身上的汗已褪去，舒适的微风让头顶的每一片叶子都颤动起来。

他觉得自己恢复了活力。整整一天，陈眠和慧慧都在周边游荡。上午，骑车去了海边，观看海浪击打礁石。他们站在底部被海水日益侵蚀的海崖上往下望，想象几年前海啸经过的场景。中午，他们品尝了当地有名的街头小吃。他发现当地很少有胖人，几乎全都体形精瘦，皮肤晒成古铜色，走路慢悠悠的，一点也不着急。这里阳光充足，植物令人担忧地疯长。他们途中看了一场路边猴戏，然后来到神庙。

风拂树叶的声音有催眠效果。陈眠仰面躺下，任由光斑洒落在脸上，意识逐渐朦胧。半梦半醒的时刻，他觉得自己回到了童年的时光——夏天沉浸在溪水里的西瓜，放假后无所事事的午后，握在手中洁净而细软的沙土从指间缓缓滑落……不是梦境，也不是想象，只是某种深藏在记忆深处的感受被唤醒。

醒来时，太阳终于落下，游客所剩无几。他坐起来，睁眼适应周围降临的黑暗。慧慧不见了。手边只剩下吃了一半的食物和面包的残渣。濡湿的风吹在脸上。不远处有隐隐的交谈声，是他听不懂的语言。

他看到一盏幽暗的灯盏下（电线绑在树干上），慧慧在与一名年轻的士兵交谈。他盯了一会儿，确认是她。她笑得很开心，而年轻的士兵则在一旁羞涩地倾听。

陈眠走过去，脚步很慢。

“你醒了？”慧慧转过头。他看到笑容正从她脸上消失。或许她本就没笑，陈眠想，是树影使他产生了错觉。

“你们刚才在聊什么？”

“他说神庙前不能睡觉。”

“那我……”

“没关系，”慧慧看了眼那个表情严肃的士兵，“他说下次注意就好。”

回去的路上，陈眠问：“你会说这里的话？”

“不会啊。”慧慧有些讶异地看着他。

“我刚才好像听到……”

“那个士兵会点英语。”慧慧说，“我们用英语说了两句。”

陈眠不再言语了。

雾是从公路那边漫过来的。陈眠看见了。

这个夜晚出奇地安静，雾就这么慢慢地涌上窗口，在台阶前堆积了片刻，然后涌进旅馆的走廊。雾把不同颜色的灯光包裹在里面，变成了朦朦胧胧的发光体。客房里其他的旅客直到深夜也没回来。陈眠翻了个身，抚摸慧慧颈后湿润的发丝。

“我太累了……”慧慧轻轻推开他，用叹息般的声音说，“我现在只想睡觉……”

陈眠下了床，站在狭小的屋子中央，一时不知道干什么。黑暗中的雾气挤进来，在他面前膨胀着，似乎随时可以将他击倒。他想象着那些令他着迷却无从解释的回忆、梦境，以及那些不可能的事。接下来，是慧慧的磨牙声。她从不说梦话。

他走进雾中。

大街上见不到人影。雾中有风，竟有森森寒意。他只穿了一件无袖短褂和短裤，裸露的皮肤上起了一层鸡皮疙瘩。可他懒得再回去，只是拖着不合脚的凉鞋（过大了），像是被什么引诱着往前走。

他不知走出去多远。延绵不绝的公路，像是飘动的布带，伸进雾气中。

前方，隐约传来汽车引擎的隆隆声，伴随着一种无法形容的空洞声响，像工厂里正在运作的活塞汽锤装置。起先他并未在意，直到那声音由远及近，才意识到是人的脚步声——许许多多人的脚步，重合在一起，整齐划一，节奏分明，朝他走来。

陈眠站住，等着声音靠近。最先出现的是两盏明亮的车灯，即使在雾中仍觉刺目，令他想起在书中看到的当地的某个守护神，也是这样目光炯炯。

两辆大卡车从他眼前缓缓开过，后面跟着长长的队列，全部是荷枪实弹的士兵。他们的头盔、衣服、皮靴，以至于长相、个头都几乎一模一样，每个士兵都沉默着，用小跑的姿势紧跟前面的卡车。陈眠与他们近在咫尺，但没人转过头看他一眼。他们仿佛电影里由机器驱动的钢铁战士，目光直勾勾地盯着前方，冷峻而统一。

陈眠感受着地面微微的颤抖。队列从他面前穿行而过，沉稳而漠然的步伐持续了很长时间，并且将永远持续下去。

但声音还是渐渐远去了。雾气重新合拢，大地也重归寂静。行进的队伍已将他抛在身后。陈眠脑海里闪现出前几天无意中听闻的政变传言。即使如此，他依然搞不懂在这个世界的一角究竟发生了什么。

他继续漫无目的地走，直到公路变成小径。蓬勃的植物几乎掩盖了道路，陈眠必须用力拨开幽暗粗壮的枝叶，让残留的雨水或露水灌进脖子和肋下。其间，不远处传来几声模糊的枪响。他立刻站住，侧耳倾听，却只有潮汐般的水声。循声穿过静寂的树林，迈过茂盛的茅草，陈眠眼前出现一大片湖水。团团雾气悬浮在湖面上，像静止不动的塑胶泡沫。月光照耀在湖心。

湖水像受到了月光的牵引，水纹波动，涌到岸边，又退了回去。如此反复，形同呼吸。陈眠弯下身，指尖轻触水面，竟觉得冰冷刺骨。他在岸边待了一会儿，觉得有些困了，面向湖水侧身躺下，意识逐渐朦胧。湖心处，有一汪鲜红的雾气正氤氲开来。

陈眠看见了，却说不出。

3

男人整个浸泡在湖水中，闭着眼睛，纹丝不动。即使蚊虫落在他露出的肩膀上，也依旧没有动作，似乎懒得动一动，懒得把湿淋淋的手臂从水中抽出来。没有风的时候，湖水平静如镜面，就连那些深深浅浅的波纹也像画上去的，而非真实流动。日光有时照在上面，反射出如金色丝缕般的光线。

从远处看，这里的一切似乎都是静止不动的，有种梦幻般的氛围。湖泊四周是高大的树木，树冠繁密，遮天蔽日。低处，藤蔓与灌木丛纠缠在一起，还有从幽深的地底探出的古老植物的根须，其上往往寄生着说不上名字的神秘植被与鲜艳的花朵。

这里的植物种类多样，杂交繁殖，连当地人也无法全部认识。

男人似乎正在沉睡，可是这不符合常理——所有人都知道，湖水很深，又是淡水，几无浮力，是无法支撑他这样体型的一个男人悬浮不动而不沉没的。可是他确实没有沉入水中，也没有穿救生衣、游泳圈，或用浮球等任何装备。他就这样一动不动地漂浮着，双臂随意地伸展，像是在闭目养神。

眼前这幅画面，使我们犹如闯进了一处时间凝固的独特所在。阳光里的尘埃、从枝叶落下的水滴、偶尔飞过的水鸟、蒸腾的水汽，全都冻结不动。这显然是不正常的，时间的流逝在这里出现了偏差。

就在我们即将失去耐心的时候，男人睁开了眼。

这像是一个启动信号，所有异常的事物开始了运转。尘埃弥散，飞鸟的影子倏忽而过。时间重新恢复了效力。男人痴愣地望着一处虚无的地点，似乎仍未从漫长的梦境中清醒过来。

他从水中抬起手，水流沿着臂肘缓缓流泻。他仔细凝视被泡胀而褶皱的手掌，仿佛在确认自己从梦境脱身而出，却来到这处比梦更荒诞的地点。正午，沉积了几百年、上千年的苔藓散发出某种湿臭的味道。颜色鲜丽的花卉完全松弛，柔嫩的蕊头懒洋洋地伸出来，舔舐着阳光。

男人游到岸边，如一只两栖动物爬上来，坐在野兽绒毛般厚实的草垫上休息。可以看到，他全身一丝不挂，或许是浸泡太久的缘故，肤色显出有些不自然的白皙，并且密布着形状不规则的片片红疹，遍及全身。他体态匀称，不过弯腰时小腹处仍会挤出明显的赘肉。胸口稀疏的毛发由于水渍未干紧紧贴附皮肤。登岸后，他毫不在意地摊开四肢，仰面躺倒在草丛里，让身上的水珠自然挥发。

风是湿热的，这会缓解他的病状。不过，几分钟后，当身上的湖水蒸腾干净，汗从毛孔中冒出，那种蚁蚀般的刺痒再一次光顾。他狼狈地站起身，朝附近的一栋木屋走去，胯间阴影般的器官左右摇晃。他必须要忍住，克制自己不去抓挠身上的痒处，否则挠过之处必将不可避免地溃烂，那样他不得不忍受更大的苦痛，之前的治疗也就前功尽弃了。

木屋建在湖边一处稍高于平地的地方。从岸边走到木屋门口的台阶，男人身上的水已经干透了。置于房屋的阴影里，皮肤正在迅速变得干燥。他在门口站了一会儿，似乎在迟疑着要不要走上去。门廊的椅子上，一个穿亚麻色睡衣的女人正专注于玩铁质扣环，为了分开两个铁环而煞费苦心。

男人走上台阶，站在大门前，在毯子上抹去脚掌上的泥。他望着女人。

她手里的铁环不停发出清脆的碰撞声，神情专注而严肃。过了一会儿，她颓然地站起身，把铁环放在椅子上。

“该上药了？”她看到站在门前的男人，露出笑容。

男人赤裸的身躯微微佝偻着，在阴影中显得单薄而笨拙，仿佛某种刚刚学会直立的奇怪动物，由于双腿撑地感到茫然无措——但眼神中分明是那种只属于人类的冷漠。

女人向他走来，悄无声息——她没有穿鞋，光着双足，露出半截大腿，亚麻睡衣在肤色稍深的膝盖上方随着步伐摆动。屋子的门廊、地板和木柱缠绕着疯长的藤蔓植物，它们细长柔韧的茎叶在肉眼无法察觉的时间范畴里已经占据大片领土，如果放任不管，相信过不了多久整座木屋就将被吞噬。负责清理的护工每天早早醒来，用锄头和锋利的砍刀阻止它们的进袭。

有一天，这位高大、沉默、皮肤油亮的当地人一边费力地砍伐藤蔓，一边嘴里不停嘟囔着什么。那是本地的语言，男人问是什么意思。

“他在抱怨，”女人回答，“说这一切都是徒劳的。”

不知为何，此时此刻，这一幕忽然浮现在男人脑海中。女人已经来到他面前，在他耳边柔声说：“感觉好点了吗？我们进屋吧。”她轻抚男人胸前的皮肤，可是被挡开了。她愣了愣，很快又恢复了恒久的笑容。男人不发一言，推开木门。

屋子里是另外一方天地——幽暗，逼仄，总有一股挥之不散的腐坏的动物味道。他曾在这栋二层小屋上上下下寻找味道的来源，每个角落都不放过，可是没有结果。“雨林地带经常会有各种莫名其妙的气味，”女人对他说，“这是很正常的事。”

对于他们，这里是异国，可男人觉得她似乎要比自己更了解这里，更熟悉这片变化莫测的土地。还有语言。来到这里没多久，她就能够自如地与当地人沟通。这当然大大便利了他俩的生活，但随之而来的是他深深的疑惑。

“上学的时候我学过。”她解释说，并且承认小语种目前很吃香。

可是，在学校里的学习，真的能立刻就应付自如吗？他依然有所怀疑，但并未在这个问题上深究下去——那时，他的红疹已经发展到了无法忍受的地步，使他无法分心想任何事。

他坐在床上，女人从架子取下一只椭圆形陶罐，拧开盖子。刺鼻的土腥味。她伸手进去，掏出一把黏稠的深绿色物质，在手心揉搓，然后均匀地涂抹于男人身上的红疹处。

“感觉好点了吗？”女人的手轻柔地摩挲着他的身体。

男人每天都要浸泡几个小时。据说，这里的湖水和药膏治疗他的皮肤病有很好的效果。况且，这里的生活成本并不高。

一开始，那个身材高大的护工一周会来两三次，给他们修葺房屋、铲除杂草藤蔓、防虫、种植蔬菜等，也受女人的委托从镇子上带来一些生活用品。后来，当他熟悉了他们的性情与生活习惯后，渐渐开始每天都来。

现在是雨季，他解释说，小小的纰漏就可能酿成大祸。

确实，雨水密集地从天空倾泻而下，有时连续一周都不中断。男人站在台阶上，听着雨接连不停打在周围肥厚的叶片上，发出沉闷的犹如皮革制品的回响。这里的雨声都是低沉的，连成一片，时间长了会使人误认为下雨时是全然的寂静。他脱下所有衣物，放在台阶上，然后慢慢地走进雨幕中。每天清晨，他都要在湖水中浸泡两个小时，女人为他上药；下午，太阳落山之前，再浸泡一个小时，睡觉前再次上药……

他抚摸自己身上的红疹。相比症状最严重的时候（肿胀，瘙痒，炙热，有时还会渗出血迹），这些分布在前胸、后背、腰腹、四肢，甚至阴囊的变异的皮肤似乎进入了休眠状态。摸起来，此时一块块的红疹和正常的皮肤一样，是冰凉的，即使仍有绵密的痒感但在可忍受范围内。但是，他没有信心，他知道它们只是在潜伏着，随时可能苏醒。

湖水很深，女人警告他，不要过于深入。第一次接触湖水，他紧紧地靠着岸边地势稍高的地方，用手捧起水往身上泼，像是在湖边洗澡。但这样反而使他的症状更严重了。

——它还没接受我。他产生了这样的想法。于是，有一天，他朝湖心走去。很快，脚下的地面消失了，还没等他反应过来，水已没过他的胸口，重心失去控制般地下沉。整个人无可挽回地滑向深邃的通道。声音消失了，他脑海里不断闪现着往昔的记忆，不知是真实还是幻想。他想象着自己变成了沉浸在福尔马林中的生物标本。某个时刻，下沉停止了，他感觉自己抵达了某种临界点，一切都暂停了。他终于知道，水下时间的流逝比地上要慢得多。忽然间，一股纯粹的力将他托举，直到他重新呼吸到了新鲜的空气。从那一天起，他似乎掌握了诀窍，可以悬浮在湖水中，任意游弋。

护工首先发现了这个奇特现象。他放下手里的砍刀和箩筐，站在岸边，凝视了很久。

“这不是个好兆头。”当天晚上，女人为男人抹药时，讲到了中午干活时护工对她说的话。她说他看起来忧心忡忡，欲言又止。“他说你可能被某种水生生物附体了。”

按照当地某种古老的观点，世间万物有灵，即使是一颗石头，也有什么东西栖息在里面。

“你什么时候变得迷信了？”男人冷笑。

“他说你应该去庙里拜拜，”女人继续说下去，“他还说……”

男人烦躁地翻过身，盯着女人的眼睛。

“他还说了什么？”

每天醒来，他都能隐约听到从一楼传来的细细的交谈声，似乎刻意压低。他睁开眼，在薄雾般的纱帐中安静地躺着，望着光线晦暗的吊顶。交谈声断断续续，偶尔会爆发出一两声短促的笑。有时，楼下陷入沉寂，只有赤足踏在木质地板上的脚步时而响起。

他没有穿衣服，慢慢地走下楼梯，伴随着木头的嘎吱作响，女人和护工同时仰起头，看着他。早餐摆在桌子上，女人永远比他起得早。护工咧开嘴，朝他展露笑容，嘟囔了几句他听不懂的话，似乎是问候，然后和女人一起走出屋外。早餐通常是肉粥和水果。他一口咬下小半个苹果。侧过头，可以看到女人正站在门廊晾衣服。清晨的空气还没那么炎热，下了一整夜的雨暂时停了，微风中掺杂着雨后的丝丝清凉。

轻盈的衣物随风慢慢鼓胀起来。

女人走进屋子，站在他旁边。她的手指轻轻划过男人肩胛骨上的一块红疹，他下意识地哆嗦了一下。“你恢复得很好。”女人说道。她的手指也是清凉的。

吃完早饭，由护工和他的弟弟——一个身材瘦长、沉默寡言的青年——带领，一行四人沿着一条隐秘的林中小路朝森林深处进发。宽大的植物茎叶遮天蔽日，阳光被切割成了光斑，流动在每一个人的身上。很快，他们到达了目的地——一座简陋的神庙。四周的荒草淹没了脚踝。庙内，只供奉着一个体态纤细的神灵石像。护工和他的弟弟双手合十，口中念念有词。男人和女人也模仿着他们的样子，交握双手站在神像前。男人抬起头，饶有兴致地观看神像，好像被精湛的雕刻工艺所吸引。

出了庙门，他看到五六个当地的中年女人正聚在一起聊天，每个人都挎着布兜，从里面不停地拿出坚果，分给自己的同伴。不远的一株棕榈树下，有个身穿迷彩军装的小伙子躺在草丛里，一只胳膊盖住双眼。护工看了看那名士兵，面露忧色，回过头跟弟弟说了几句什么，又无可奈何地耸了耸肩膀。护工的弟弟则面无表情，以冷漠回应。

“他说什么？”男人问。

“他在担心最近可能发生的政变，”女人说，“消息是从首都传来的。”

回去的路上，男人忍不住问：庙里的神灵究竟是男是女？他看了很久，但外貌和穿着上无从分辨。他还解释说自己只是好奇，希望这个问题并不失礼。女人将问题传达给护工，后者长辈般宽厚地笑了笑，为远方的客人和雇主做了解答：按照当地古老的传说，最早的人类其实都是天神，翱翔于天空，不食污秽之物，因缘和合而成，亦不分男女。后来这些生灵到了地上，吃了污秽的食物，长出了生殖器，互生爱欲，才有男女之别。

回到木屋，雨又开始下起来。女人赶忙收起衣服。男人看到护工的弟弟站在旁边，也想要帮忙，悬挂在他头顶的是女人的一件白色内裤。他手足无措地站着，似乎不知道该不该伸出手去。

男人伏在桌面上，面前摊开一个笔记本。本子和铅笔是托护工从镇上买来的，木桌则原本就放置在二楼的房间里。桌子破旧而笨拙，中间有道开裂的口子，正好呈对角线从一角延伸到另一角。桌脚像被水浸泡过，颜色浅白，像是嚼过后废弃的甘蔗渣。整个桌面已经变形，微微上凸，如同倒扣的木船，布满划痕。有时，男人懒得去湖里，也不想上药，就这样坐在木桌前一整天，对着空白的笔记本。女人会好心地对他说医生嘱托一定要按时上药，否则很可能前功尽弃。

“前功尽弃”。男人听到这个词就很厌恶，仿佛成了生理反应，仿佛受到了某种无法言说的威胁。他不跟女人吵架，只是以长久的沉默应对。整整一天他都可以不说一句话。在这里，他觉得自己成了完全的局外人。楼下总有交谈声，但都是他根本听不懂的语言。他可以从音调中辨别出是女人、护工、护工的弟弟，还是附近的村民或贩卖各种玩意的街头小贩。他们有时只是简短的几句话，有时则会开启一场漫长的交谈。那些语言绵软、流畅，某些时候甚至像在歌唱。

他开始在本子上写一些东西，或是随手画些没有意义的图案。最初是一些词，然后是句子。他也不知道在写什么，此前他从未想过自己会有任何书写的天赋。有一天，女人兴致勃勃地冲上楼梯，把一本书放到他手边。

她告诉他，是护工在市集上随手淘来的二手书。他一眼就认出了书封上正是久违了的母语。“这下你不用无聊了。”女人离开前说道，像要出远门的母亲，随意用几件玩具安慰还不懂事的孩子。书名：《水手比利·巴德》；作者：麦尔维尔。他翻开读了几页，果然是本小说。

“蒸汽船之前的那个时代，或者说那个时候比现在更为频繁，沿着鳞次栉比的海港码头独自闲逛，偶然间会被一群古铜色的海员吸引住目光，那是身穿假日服装的军舰水兵或商船水手，获准许可上岸。某些情形之下他们会分列左右，或是像一队卫兵，几乎将同行人当中某个卓越不凡的人物包围起来；那人跟他们一道前行，像是金牛星处在星座那些小星宿的拱卫之中。那个众所瞩目的对象，便是军事和商船、海军都不那么乏味的时代里的‘英俊水手’。”

这便是小说的开头。他被书中关于“英俊水手”的描述迷住了，以至于反复阅读开头的章节。他从来都不是这类人——“英俊水手”——他知道，甚至属于这类人的反面。孤僻，阴沉，喜怒无常，忍受着隐疾的折磨。不知为何，当他读到书中的形容时，脑海里浮现出的画面竟是护工的弟弟。“体格匀称，身量出众，头颅俊美”。

他注意到护工的弟弟来得越来越频繁了。通常他只是站在一旁，什么也不说，默默地干着手中的活计。大家一起吃饭时，护工的弟弟会装作漫不经心地抬起头，目光在女人身上停留片刻，又滑到别处，过一会儿又不经意地晃回来。男人将这一切都看在眼里。英俊水手。他太年轻了，还不知道如何掩饰自己。

男人忽然放下碗筷，将手掌放在女人裸露的大腿上，然后滑向更深处。女人讶异地望着他，身体不受控制地颤了几下。她面无表情，使劲推开男人的手。男人开心地闻了闻手指，样子像是一个恬不知耻的无赖，毫无道德与羞耻心。这形象让他兴奋。他故意不去看此刻英俊水手脸上的表情。

笔记本上的文字越写越多，他发觉自己正在写一个航海冒险主题的故事（或许是受到了《水手比利·巴德》的影响）：一个年轻的水手，为了履行某个虚无缥缈的誓言或承诺（对父母、长官，或是爱人），怀揣利刃，出海远航，目的是诛杀为害一方的海盗头子。不过，年轻的水手根本不知道海盗头子到底身在何处、长什么样子，甚至连对方究竟是否是人类都不清楚。（有谣传说那个从未以真面目示人的海盗其实是某种海底生物……）年轻的水手只有漫无目的地漂泊在海面上，穿过狂风暴雨，分辨海市蜃楼，经历接连的噩梦和淡水短缺的考验。不过，他心中总有隐约的预感：自己就要接近他了，那个未曾谋面的终极敌人。

男人没事的时候就会写几笔以自娱。但很快，他发现写作遭遇了困境：故事似乎失去了叙事的动力。年轻水手永远在航行，幻想着与敌人的决战。可是，他根本没有想好那个海盗头子该以什么面目出现，他们到底该在怎样的情景中相逢。这超出了他的想象范畴，他不知道该怎么推动这个故事，让情节发展下去，只好让笔下的水手继续漫无边际地航行。

细长的藤蔓缓缓爬上二楼，探入窗子。

雨淅淅沥沥。夜里，一些动物开始外出觅食。雨水浸湿了它们的皮毛，在夜色与月光中显得格外油亮。有人在沉睡。男人躺在纱帐中央，胸脯平稳地微微起伏。雨夜，他总会产生幻听，有踩在楼梯或地板上的脚步声，嘎吱嘎吱。他翻了个身，浑身又瘙痒起来。屋里没有镜子，他只能在平静的湖面瞅见自己的倒影。红疹的形状犹如一块块不规则的世界地图，寄生在他的体内。

他不愿重复以前的生活。因此，他感觉自己被困在这里。虚幻的热带丛林与木屋，虚幻的湖水。他掀开纱帐，走下楼梯。外面，虚幻的雨水不停落下。他看到一个人正站在雨中，像是一个人形黑洞，比暗夜的颜色更深。

没有雷声，也没有闪电划破天际。只有黑色的雨滴恒久地落下。男人站在门口，倚在门柱上，盯着雨中那个虚幻的影子。

"英俊水手。"男人喃喃自语道。

英俊水手迅速接近,只两三步就到了面前。夜色中寒光闪现。有什么东西侵入他的小腹内。几秒钟后，虚幻的液体从腹部汩汩流出。他向前栽倒在英俊水手的肩膀上。

他的意识逐渐涣散。下一刻，他感到自己正被人攥着双臂，拖拽而行。雨水打在脸上，他伸出舌头尝了尝。有些发苦。

拖拽停止了。他又被扛在肩上。那人涉水走入湖中，摇摇晃晃,似乎精瘦的身躯无法担负背上的重量。男人为此感到歉疚，但他动弹不得。"把我放在这里就好了。"他在他耳边说道，"我活不过今晚。"

但是英俊水手不甘心。他直到湖水快要没过膝盖时才停住脚步，把男人从肩上卸下，轻轻放进水波中。男人仰面躺在水面上，眨巴着眼睛，望着另一个年轻的脸庞。

水流轻柔地托举着他。过了一会儿，年轻人似乎有些慌乱，又重将他背负起来，拖回岸边。这一回，他砍断了附近的藤蔓，将一块石板绑在男人腰间。

“好了好了，”他感到石板重重地挤压着正溢出的内脏，“这样就行了。”

于是，他再一次被推入湖中。这次，湖水终于接受了他。他缓缓下沉，看到一汪鲜红的雾气正氤氲开来。

他温顺地闭上眼，仿佛睡着了。这是他睡得最踏实的一次。

斯德哥尔摩

我和我的妻子在阳台上晒太阳。这是一个美妙的早晨，阳光充裕，大束的阳光几乎没有什么阻碍地倾泻到了我们的小阳台上。我扭过脸看着她，她此刻正眯着眼睛，全身心地投入到享受阳光的过程中。她的睫毛一颤一颤的，在阳光的照射下变成白色。她的睫毛很长，第一次见到她的时候我就注意到了。我喜欢长睫毛的女人，她们很美丽，我以为凭我的条件，一辈子也不会娶上长睫毛的女人了，但事实证明，我还是挺幸运的。我把长睫毛的女人娶回了家。她现在就坐在我的身边，坐在一张带靠背的木头椅子上，张开双臂，拥抱着阳光。偶尔有温煦的风吹过，她身上轻盈的衣服就会产生波纹的形状。夏季是美好的，她可以穿上她最喜欢的这件轻薄的橘色纱衣。她穿上它真的很好看。但因为比较难洗，她并不经常穿，她像是爱惜小动物一样爱惜着它。

在我们脚下，是小如蚂蚁的人群，公路上的车辆如河流般流淌。我们居高临下，看着这一切，并没有感觉到不好意思。时光是美好的，我们已经很久没有享受过这样闲适的时光了。我们各自坐在木头椅子上，光着脚丫，把脚伸出阳台的栏杆。脚丫沐浴着阳光，显得晶莹剔透，像是玉石。阳光暖和和地照着，我的脚心已经感觉到一种针刺般的痒的感觉。我看着她的玉足。构造很完美，大小匀称，并且有着优美的弧度和细嫩的皮肤。我用虔诚的嘴唇亲吻过它们。它们曾给我带来的快感实在是无法形容。

一切都很美好，只是阳光有点太强烈了。还有周围的高楼，似乎完全是用玻璃做的，阳光打在它们身上，亮度就扩大了一百倍。玻璃反射出的尖锐的光芒不断晃着我的眼睛，这让我的眼球很难受，不一会儿就充满了肿胀感，快要流出泪来。我的全身已经大汗淋漓，白色衬衫粘黏在皮肉上，感觉很难受。我觉得如果再多坐一会儿，就要被晒成干了。于是我站起来，想回屋休息休息。妻子一把拉住了我的手。

“你为什么不好好享受阳光呢？”妻子问我。她眯着眼睛，看着远方的某一点，可我怀疑在如此炽烈的光芒中她什么也看不见。尽管如此，她细长的手指还是精准地抓住了我手腕靠上一点的位置——我不知道那里该叫什么。我感到她很用力。

“唔……”我站在那里，有点窘迫，“阳光太晒了，我想要冲个澡。”

她没有放开我。

“你为什么不好好享受阳光呢？”她又重复了一遍。

我只好重新坐下。我感觉我的皮肤在一点点烧焦，并且翻卷起来。但我心里有一个声音告诉我：你要珍惜这样的日子。是的，我要好好珍惜才是。这样悠闲的日子不是说有就有的。你看，楼下的人们忙忙碌碌，谁也顾不上享受阳光的妙处。他们的皮肤只是被阳光潦草地拂过，一点也不会烧焦。他们更不会因此感到兴奋。

这样美好的日子是我的前任老板赐予的。他在前几天刚刚辞退了我。是的，现在我很想大声喊出他的名字，然后谢谢他，感谢他让我拥有了这个早晨和这个早晨所有的阳光。感谢他，我的皮肤正在变得焦黄。

我的妻子比我更加专注。她像是一个太阳能发电机，努力地吸收着来自一亿五千公里以外所有的阳光。我看到她裸露的双臂上被太阳照得清晰可见的细小的白色绒毛，汗液正从毛孔里渗透出来。她的脸上汗津津的，脖颈以及顺脖颈而下敞开的领口处，皮肤都变得红润而潮湿。我的嘴唇动了动，发出了奇怪的声音。

妻子不满地睁开了眼睛，转向我。

“你根本没有专注。”她的表情变得严肃起来，用一种锥子似的眼神看着我。这种眼神让人心痛，她似乎变成了另外一个人。我不相信眼神能让人变成另外一个人，可事实如此。

“你还记得你在斯德哥尔摩的时候吗？”她的目光柔和了一些，变得迷离起来，“那真是美好的日子，那样的日子令人难忘。而那时的你也比现在可爱得多。”

斯德哥尔摩，我当然记得，事实上，我只是在它附近的一个村庄待过一段时间；事实上，我也并不是待在村庄里，而是住在离村庄还有一段距离的小火车站旁；事实上，我也不认为我曾经可爱过，重要的是，她根本没有见过我在小火车站时是怎样的一副嘴脸，怎么能说那时的我更可爱些呢？那时我们彼此联系只能通过信件，或许在信上的我确实显得更可爱一些吧。

应该说，我对那里还是挺满意的。我住在紧挨着火车站的一间小木屋里。木屋看上去很旧，似乎随时都会倒塌。可实际上它很结实，在一场风暴过后，我见识了它的承受力。我还记得，风暴来临时，有翻天覆地之感，仿佛地皮都被刮起来了，树木被连根拔起，石子漫天飞舞。我窝在小屋中，随时准备着承受最后一击。后来，我在风暴中睡着了。醒来后，看到大地如初，小屋岿然不动。

如果没有火车经过，这里就是一片荒原。孤零零的树木，像是城市里的电线杆，丝毫感受不到生机。远处是连续的山脉，呈灰白色。土质很硬，用锄头敲击地面，你可以听见梆梆的声音，似乎是敲在石头上。这里可以说什么都没有，只有一条铁轨从远处铺过来，镶嵌进坚硬的土地中。我曾无数次沿着铁轨行走，有铁轨，我就不至于迷路。一般情况下，方圆几里都看不到人影，只是不时会有飞鸟从头顶掠过。不知为什么，它们从我头顶飞过时，总会叫唤两声，似乎在跟我打招呼。我不知道该如何回应它们，所以每次都很尴尬，只好低下头，装作没听见继续走路。

我之所以沿着铁轨走，纯粹是由于无聊。对于一个小火车站的管理员，平日里实在没有什么可以娱乐的事物。走路起码能打发一些时间。我一般都会走到海岸边，然后返回。铁轨则继续延伸到远方。

那里真的很冷。不论我穿多少衣服，回来的时候都会全身冻得僵硬。我点燃火炉，烘烤一会儿才能恢复过来。因此，慢慢地我便不再走那么远的路了，因为这无异于找死。说不定哪一天，我就会失去知觉，冻死在铁轨上。我的尸体不会那么快腐烂，因为很冷，我更有可能被冻成一坨冰。火车会开过来，将我轧得粉碎。鸟儿飞过的时候，它们照例还会叫两声，然后落下来，落到我粉身碎骨的尸身上，饱餐一顿。

我毫不怀疑这里会有人冻死，而这个人很有可能就是我。所幸的是，这里很少下雪，只是平日里偶尔会突然飘下雪花。雪花像是头皮屑一样，这里落几粒，那里落几粒，之后便停了。这是很无聊的事。

就是这样。我透过木屋的窗户，看到的是一片荒凉景象。铁轨闪烁着幽冷的光。我躺在床上，炉子上烧着水，铝壶吱吱作响。几个星期都看不到活物。我蜷缩在棉被里，忧愁地看着窗外，计算自己什么时候会被冻死。

我闻到了一股烧焦的味道。我知道是我的皮肤发出的味道。阳光太过炽烈，我已经被灼伤了。我很快将起皮，然后皮肤剥落，我将变得像蜕皮的蛇一样敏感。我扭过脸，看着妻子。奇怪的是，她的皮肤似乎一点也没有问题，相反，更加柔润了，白里透红。我怀疑她在皮肤上抹了一些东西。我不能再这样下去了，总不能在这个美好的早晨被活活晒死。于是我下定决心，站起身，离开了阳台。妻子并没有阻拦。当我打开阳台的门，准备离开时，我听到她在身后说："那时的日子多么难忘。"

我走进卧室，坐在沙发上，身上还隐隐觉得疼，紫外线似乎仍着在我的皮肤上。于是我便一动不动地坐着。我的屁股深深陷入沙发里。坐了一会儿，我转过头，看到妻子还坐在阳台的椅子上。从客厅看去，只能看到她幽暗的背影。我突然有一种感觉，阳光正在大口吞噬着她……我揉了揉眼睛，觉得我的视力退化了。无疑，这与刚才长时间的阳光照射有很大关系。屋子里很黑暗，适宜我慢慢疗伤。

我正对着电视。电视微微凸出的屏幕映射着我变形的影子。这使人很不适应。我摁下遥控板，电视发出“砰”的一声，打开了。

我换到了一个旅游节目，是讲斯德哥尔摩的。里面的女记者一脸兴奋地向观众介绍着斯德哥尔摩的自然风光，那里的天、那里的海、那里的海天一色和雄伟的皇宫与教堂。我盯着画面中的景象。这是让我完全陌生的异国风景，我确信我没有去过那里。那么我曾经去过的地方又是哪里呢？是的，印象中我的确去过斯德哥尔摩，并且生活过很长一段时间。可现在，这些仿佛是别人经历的，与我无关。于是那段日子变得虚假，我开始怀疑，我从未去过什么斯德哥尔摩，也没有去过它附近的村庄，那对我而言只是一个城市的名字，仅此而已。

可是这时我又听到了妻子的呢喃。她仍坐在那把椅子上，连姿势都没有变化。阳光包裹着她，使她像是一团发光体。“那时的日子多美好啊。”她说。与其说是给我听的，倒不如说她在自言自语。我知道她在回味着一段对她而言美好的时光，同时，这也预示着我需要与她一起回忆。我努力打捞那段日子。

那是一段美好的日子吗？这要从我没有被冻死说起。是的，我曾连续躺在床上好几天，我以为我肯定会被冻死。我尽力把自己包裹得严严实实，但条件有限，还是会有少量的皮肤裸露出来。后来那些裸露的皮肤就长出了冻疮。我以为我就要死了，可是过了一段时间，冻疮并没有继续发展，而是凝固了，像一层坚硬的壳。而且并没有新的冻疮长出来。

我知道，是我的身体迅速适应了这里的气候。我没有被冻死，我甚至可以走出木屋，带着装着热气腾腾的茶水的水壶，一边喝茶一边观看这里的景象。之前那些被我忽视的东西开始深深吸引着我。

我从未看到过这么蓝的天空，就像是一条崭新的蓝色桌布一样。我站在木屋前，看着它，总觉得它正在慢慢下垂。它变成了水珠的形状，就快要落下来了。当然，这将是一滴巨大的水珠，在它落下之前，在它无限接近我的过程中，我将看见上面映射着我的倒影。我还能看见那上面倒映出来的山川河流、森林湖泊、林立的都市和蜿蜒交错的立交桥。在这些事物里，我和我的小木屋实在太渺小了，渺小到只有我自己才能看见。

唯一能拉开我与天空距离的，是天空的云朵。它们几乎静止，硬邦邦的，像是一条条冰凌或是不规则的石膏像。它们富有层次感，你可以清楚地看到每一条纹理，你会觉得，它们是被人用刀子雕刻出来的。我一边喝着茶一边感叹造物主的神奇，当巨大的云朵像一艘航空母舰般缓慢移动到我头顶的时候，它会投下同样巨大的影子，将我和我的小屋覆盖。每当这个时候，我就会感觉大地微微颤抖。

火车并不常来，这很容易理解，谁会喜欢常来这种荒凉的地方呢？作为小火车站的管理员，我配有一张火车时刻表。那上面有火车每次光临的具体时间。时间并不固定。除此以外的时间都由我自由支配。因此在这个地方，我拥有最多的就是时间，我有用都用不完的时间。我在小站供职的时候，正好赶上连续数月的极昼天气，每天只有三个小时的黑夜。最初我患上了失眠症，漫长的白昼让我精神几乎崩溃。后来与寒冷一样，我的身体也适应了这里的昼夜。我每天大概只睡四个小时，这已经足够了。我没有什么太费精力的事情，四个小时的睡眠足够使我精神充沛。

总得有些打发时间的办法。我已经知道了我不会被冻死，起码不会被轻易冻死，于是我恢复了我的远足。沿着铁路，我一直走到海边。在海边我会消磨很长的时间。我很奇怪，为什么这里的大海不会被冻住？海面总是很平静，波澜不惊的，但却永不停歇。温柔的海浪一浪接着一浪地拍打着礁石与岩壁。

听着这样的声音，很快就会让人安静下来，思绪也会飞到很远的地方。

火车来的时候，从老远就能听见呜呜的声音，然后能看见白色的烟雾，而火车就在烟雾笼罩中缓慢停下。我站在铁路旁，白色烟雾直喷到我的脸上。

我虽然是小站的管理员，但火车与我并没有多少联系。我只是负责记录几个简单的数据就算完成工作了。我看着火车停在这里，心中满是愧疚。因为我从未看到有人在这里下车，它仿佛仅仅是为了我才停留几分钟的。车窗里的乘客裹紧衣服，大多在酣睡。有个别的人醒来，看着窗外的景象，露出一脸疑惑的表情。我想，他们可能以为火车坏掉了。

在这里设立小站不知是出于什么样的考虑。这很有可能是个误会，就像我来到这里当小站的管理员，也是一个误会。我本来是想到大城市里打工赚钱的，我来到异国他乡，想凭借自己的双手打拼出一番事业。但是由于种种机缘巧合，我来到了这里，这个荒无人烟的小火车站。说实话，这里的报酬不低，而且没有什么能用得上钱的地方，所以我很快就能攒出一笔钱，寄回家里。这也算是没有荒废时间吧？尽管这个工作总是让人感觉奇怪。

我与几个列车员很快就混熟了。他们都是很好的人，我可以看出他们同情我。最初，他们每次来都会带给我一些吃的和用的。慢慢地，他们和我做起了生意。他们会带来一箱箱货物，而我负责买下它们。这些货物他们是随意带来的，因为我并没有什么要求。有时是皮鞋、皮衣或是罐头、酒之类的东西，还有一次竟然是一箱子壁画。只要在计划支出的范围内，我基本上照单全收。说实话，这些东西都很便宜，大概是一些卖不出去的滞销品吧。我乐于买下它们，这使我与列车员们建立了深厚的友谊。由于火车停留时间短促,他们从来没有进过我的小屋，我们只在搬运货物的时候聊上几句。然后他们匆匆与我握手告别，登上火车。在震耳欲聋的呜呜声中，在四处弥漫的白色烟雾中，我目送着火车走远。

走远后，火车的声音还会在山谷中回荡一阵。这时我就会莫名伤感起来。

货物堆满了我的小屋，使我几乎没有挪动的地方。当然，这么多东西我一个人肯定用不完，我会把它们出售给附近的村民。

他们往往在火车离去后不久便陆陆续续前来。他们就像是逛超市一样，进到我的木屋里，去挑选喜欢的东西。我就坐在床上，与他们讨价还价。说句良心话，我要的价格公道合理，因为如果这些货物是从正规渠道运送到这里，往往要贵上好几倍。这点他们明白，所以他们乐于与我做生意，有些人甚至一下子就买下整整一箱。也有些人没有钱，拿东西和我交换，比如冻肉和柴火。后来我与其中的某些人混熟了，干脆让他们白拿一些东西。就这样，我与村民们的关系越来越好。

村民与列车员不同，他们有着大把的时间，因此可以在我的小木屋里坐下，一起喝茶、聊天。我的生活也因此不再那样孤寂了。

与我关系最好的一个，人们都管他叫“拉松大叔”。他是一个体态臃肿的中年人，早先当过货车司机，由于一次交通事故右脚受伤，便退休回家了。每次他一瘸一拐地走进我的小屋，我就会很高兴。我们一边喝着热茶一边聊天。他要离开的时候，我会送他几瓶酒。他来这里的目的就是买酒，其他的东西都不感兴趣。我曾送过他一件皮大衣，可是他太胖了，根本穿不进去。他的脸微微发红，将皮大衣搭在肩上，对我说：“谢谢你，好心的朋友，我可以拿回家给我的儿子穿。”后来我无意中从别的村民口中得知，他并没有儿子。不过这根本不算什么问题。

尽管我与村民们交上了朋友，但他们一般只是在火车离开后的几天里前来拜访，其他大部分时间仍是我一个人生活。每当我寂寞的时候，就会给家里人写信。我想念我的妻子，虽然相隔万里，但我总感觉她就在身边。有时我会一口气连续写好几个小时，激动的心情使我都看不懂自己的字迹，但我相信妻子能够明白。这些信一般都交给拉松大叔，让他帮我投递。妻子的信也由他带给我。每当从拉松大叔手中接过信的时候，我都会感觉一阵暖流从双手传遍全身。我思念我的妻子,思念家乡，思念家乡炽热的阳光。我盼望家乡的阳光可以毫无遮拦地照耀我。

我关上了电视。妻子还在那里不停地自言自语。那时的日子多美好啊。是的，那个时候，起码心中还有那么多的期盼。我坐在沙发上，不知道该干什么好。屋子里一时静悄悄的，妻子也停止了呢喃。我想这个时候该有一根针掉在地上，打破这宁静。但是没有针，沉默在继续。我简直一动也不敢动，实在是难受极了。妻子也不发出一点声响。我们俩像是在暗中彼此较劲，看谁先忍受不了这寂静。

最后还是我败下阵来。我忍无可忍地站起来，故意发出很大的响动，在屋子里走来走去。我故意跺着脚，故意碰撞家具，这让我有一种报复的快感。可是我很快发现,妻子并不为之所动。她依旧背对着我，坐在阳台的椅子上。在她的面前，是大片的阳光。

我停下来，觉得自己的行为很幼稚，同时感到很沮丧。我希望这时她可以骂我几句，但是没有。她只是用她的后背对着我，拒绝着我。我突然想到，她后背的皮肤很光滑。我曾经很喜欢抚摸她光滑的脊背，像是丝绸一样滑润，那种身体曲线的美妙感简直使我欲罢不能。她曾俯在我的耳边，用充满爱的语气轻轻地说："疼。我喜欢疼。让我再疼一点……"

我深吸了几口气，准备去厨房做饭。

案板上放着刚刚买回来的一条鱼。她已经安排好，今天吃鱼。可是都到现在了，她还在阳台上晒太阳，没有一点做饭的样子。我假装咳嗽了两声，作为提醒。她不为所动。没有办法，我只好自己处理。必须承认，做饭我并不在行。面对这条鱼，我简直不知道该如何下手。我想起去鱼市时的情景。我不喜欢鱼的腥味，可不会做饭，就只好干些跑腿的活。这是很公平的，我心甘情愿。鱼市的腥味远远就能穿过来，我尽量降低呼吸的频率。置身鱼市的时候，那密集的鱼腥味还是让我感到一阵眩晕。我捏着鼻子，一头闯了进去。很快，我出来了，手里提着一只塑料袋，里面装着刚刚被鱼贩的棍子打死的鱼。她吩咐我说，一定要买现杀的，这样的鱼新鲜。其实对于新鲜不新鲜，我并不那么在意。

走出鱼市的时候，强烈的阳光照耀着我。我眯着眼睛，抬起头，看到一碧如洗的天空。我的身上还隐隐散发着鱼腥味。

我看着案板上的鱼，手里拿着刀，准备先刮鱼鳞。我按住它的尾巴，准备下刀。就在这个时候，鱼突然动了一下。我连忙松开手，看到它的尾鳍开始上下摆动起来，并且频率越来越快，鱼鳃也开始动起来。它竟然活过来了！

鳞光一闪。

我吓了一跳，刀跌落在厨房的瓷砖上，发出很响的声音。

“出什么事了？”是妻子的声音。

“鱼，”我说，眼睛盯着那条活过来的鱼，“鱼出了点问题。”

“拿过来给我看看。”她说。

她是在故意给我出难题。不过我并不抱怨，我用左手攥住它的尾鳍，右手捏住头，整个提了起来。我可以感觉到它在我手中挣扎着，很用力地左右摆动着身体，滑腻腻的。我产生了一种错觉，仿佛我手中是一条蛇。

我拿到了阳台。

妻子转过头，看了一眼，露出恐惧之色。

“这是什么？”她用一只手捂着嘴，另一只手一下子将我手中的鱼打落，“这是什么鱼？”

鱼滑到了阳台的角落里。可以看出，刚才那一摔摔得不轻。它的尾鳍拍打了两下地面便不动了，只有鳃还在缓慢起伏。

在阳光的照射下，我看出它确实形状特别，而且露出了一口密集而尖锐的牙齿。之前，我正是被它的牙齿吓了一跳。

难道是一种食人鱼？我暗自思忖。

“这到底是什么东西？”妻子已经恢复了正常，她此时显得很伤心，“这点小事你都办不好。我让你买的是这种鱼？”

我又分不清楚鱼的长相。我在心里说。

“还是那时的日子美好啊。”她叹口气说，显然，她指的又是所谓的我“在斯德哥尔摩的日子”。但是我跟她说过无数遍，我从未去过那座城市，我只是在一个小火车站供职，做一些倒买倒卖的生意……可是她总会时不时提起“斯德哥尔摩”这几个字。久而久之，有些时候我真的会以为我去过斯德哥尔摩。

“还是那时的日子美好啊。”她重复道。

那个时候可没人帮你买鱼买菜。我心说。

“我一直有个问题。”妻子突然转变了话题，“那些信确实是你写的吗？”

“什么？”我惊讶。

“那些信，确实是你寄给我的？”

“不是我还能有谁？”我又好气又好笑。

她沉默不语了。过了半晌，她喃喃地说：“有时我总是觉得，那些信不是你写的。写信的人和你或许是两个完全不同的人。你说，有没有这种可能？”

我无法回答。这个时候，阳光已经不像早晨那样光芒四射了。已经到中午了，阳光收敛了许多，也厚实了许多。我曾听说，中午的阳光里有大量紫外线，是有毒的，长时间照射对人并不好。于是我说："你进屋歇歇吧。"

"你可要承认啊。"她莫名其妙地冒出这么一句，"那些信到底是不是你写的？"

我哑然失笑。那些信不是我写的又能是谁呢？都是我亲手交到拉松大叔手上的，这还能有错吗？拉松大叔伸出他那粗糙的大手，接过我的信，然后揣进大衣里，这还能有错吗？他很乐意为我干这件事，因为我经常送他东西，使他觉得过意不去。他说，他以前的手不是这样粗糙丑陋的，以前当货车司机的时候，根本不用干这么繁重的家务。他的妻子很久以前就离他而去了，他已经受够了当单身汉的苦。拉松大叔说这些话的时候悲悲切切的，似乎随时都要哭出来。但是随后他转换了话题，说不久以后他可能就要结婚了，别人给他介绍了一个附近村子的女人，也就是说，这样的日子终于要结束了。我为他祝贺。

过了一段时间，天气稍微暖和了一些。拉松大叔又来到我的小屋。不同的是，这回他带来了一条他养的猎犬。这条猎犬全身的毛发都是黑色的，总是时不时地耸起脊背，面露凶光，一副要进攻的姿态。拉松大叔给它取名为"比利"。比利刚刚见到我时，不停地吼叫。我很害怕狗，它吼叫的时候我一动也不敢动。

它认为我好欺负，叫得更欢了。拉松大叔就开始踢它，用粗糙的手掌打它，骂它。拉松大叔说，这是我的好兄弟，你不许再叫了，否则我一脚踢死你。

他虽这么说，但我可以看出拉松大叔对比利很是爱惜。每次打完后，他会用手慢慢地抚摸它，就像抚摸自己受伤的孩子，眼睛里全是慈爱。

比利很快就跟我混熟了，不再对我吼叫，而是用它明亮的黑色眼珠安静地看着我，不时用舌头舔一下鼻子。我竟然也敢去慢慢地摸摸比利，显示自己亲近的一面。当然这完全是做给拉松大叔看的，否则我巴不得对这东西敬而远之。

有一天，我突发奇想，对拉松大叔说："你们的村子是什么样子？我还从没去过呢。"

拉松大叔正坐在床上,喝我给他煮的茶。他用双手捧着茶缸，一边吹气一边小口喝着。显然，这个问题出乎他的意料，他愣了一下，然后说："村子嘛，有什么好看的？不过就是一个村子。"说完还胡子拉碴地对我笑了笑。

可我并不死心。"你们经常过来，但我还没有去看过你们的村子，"我坚定地说，"所以我很想去拜访一下。"

拉松大叔半晌没有说话。我看着他一点点喝完茶，最后长长地吐了一口气。"真的没啥可看的。"他皱着眉头说，"我们村里人不愿意见陌生人。他们……都比较敏感，或者说警惕。”他说话的时候并不看我，而是看着趴在他怀里的比利。他抚摸着比利黑得发亮的绒毛。

“我也算陌生人？”听到他的话，我有点生气。虽然我来的时间不长，但我给村民们带来的实惠是显而易见的。不知有多少人从我这里买下比外面更便宜的东西，有些时候我干脆白送给他们。陌生人会这么做吗？

“我该走了。”拉松大叔显得有些尴尬。他站起身来，比利从他身上一下子蹿到地面。他戴上厚厚的棉帽，对我挥了挥手。“我该回去了，谢谢你的茶。”他说。

他就这样走了出去。我披上大衣，一声不响地跟在他后面。一开始，他以为我是在送他，便笑着说：“好兄弟，不用送了，你回去吧。”走出了很长的一段路后，他意识到，我并不是送他，而是在跟着他。他有些紧张起来。

“你在干什么？”他不安地搓着手，“你想一直跟着我？”

“我想去你们村子看看。”我说。我承认，那个时候，我似乎有点赌气。

“真的没啥可看的。”他说。然后他突然跑了起来。这个举动我没有想到，于是我只好跟着他跑起来。我们一前一后跑了一段路。地面是坎坷不平的，跑起来很费劲，非常消耗体力。

拉松大叔停了下来，弯着腰，气喘吁吁。

我也跑不动了。我们俩就这样对着喘了一会儿。

“你为什么非要去呢？”他似乎有些生气了，用脚踢着地上的硬土，“以前那样不是挺好的吗，你干吗非要去村子里呢？”

我往前走了几步。这时，比利对我怒吼了起来。我停了下来，恐惧地看着它。它龇着牙，露出锋利的牙齿，双目欲眦，口水四溅。这次拉松大叔没有踢它。

就这样，我站在原地，眼睁睁地看着拉松大叔和他的狗消失在我的视线之中。

我闻了闻手指，还残留着一股鱼腥味。妻子已经安静下来。那条鱼早已死去，躺在阳台的角落里。屋子又寂静下来，只有外面传来的嘈杂声，似乎与我们相隔万里。我看着妻子。她闭着眼睛，靠在椅子背上，像是睡着了。

我走到浴室，将双手好好地洗了一遍又一遍，可是闻的时候，还是会有鱼腥味。我回到客厅，想在沙发上好好地睡一觉，让这一切都过去。睡了一会儿，我醒来，发现才睡了很短的时间。我坐起来，看见妻子还在阳台上，保持着同样的姿势。阳光依然猛烈，仿佛正在大口大口吞噬着她。我不愿去打扰她。

鱼腥味怎么也散不掉。我坐在沙发上发愣。几缕光线斜照进客厅。我看着光线经过的地方，空气中浮动着数以万计的灰尘。它们上下翻动。

“砰”的一声钝响。我扭过头，看到妻子从椅子上摔倒在地。我走过去，把她扶起来。她已经昏迷过去。我抱着她，往卧室走。她的身上很烫，皮肤发出烧焦的味道。我把她平放在床上。一种生活似乎就快要结束了。

你体会过生活要结束时的感觉吗？我曾经体会过。那是由于巡视员的到来。我在小火车站供职的这段时间他从未来过。可是那天他来了，冒着漫天飞雪。大片的雪花落在他的帽子上、双肩上和胡须上，将他点缀得斑斑点点。

我从未遇到过这么大的雪。天地一片洁白。我缩在我的小屋里，听着房顶吱吱呀呀地响着。我想，或许我不会被冻死，但是会被积雪砸死。即使这样，我也不愿意出门。起码小屋里很温暖，我听着水壶的吱吱声，就感觉很心安。

巡视员来了，没多一会儿，他又冒着大雪走了。我甚至都没来得及请他喝杯茶。他来这里只有一个目的，就是告诉我一个消息。他说：“这里的小站马上就要裁撤了，以后火车不再经过这里了。”他说：“你好好准备吧，去别处谋一个好差事。”

这个消息不胫而走。

村民们纷纷到来，和我告别。同时，他们知道我这里还囤积着数箱之前没有人要的货物。主要是一些皮鞋、皮衣，甚至手表，这些东西他们不需要太多。可是村民知道我快离开了，小站也将被裁撤，也就意味着，日后他们再也无法以这样低的价格买这些东西了。于是他们准备买下它们，作为对我的告别。

我和村民们握手，并且承诺，他们可以随便拿走喜欢的东西。我想，这样做在我走以后或许可以让他们继续记着我，说不定还会念着我的好。我不知道让他们记着我，这件事有什么意义。但是人并不都是为了什么意义生活的，不是吗？

来的人越来越多。他们打开我积存的箱子，从里面拿东西。我坐在床上，看着他们进进出出，络绎不绝。有时我会突然觉得，我的木屋像被一群强盗打劫了，而我这个主人则若无其事地看着。我理应阻止。可是我又想到，他们是经过我允许的，走的时候还会向我道谢。

我有时会走出木屋，呼吸一下雪后新鲜而凛冽的空气。下过雪后，这里的天空更加澄明，更加一尘不染，似乎可以映照出我的影子。我看着四周的山脉和石头，和大地上没有融化的积雪。空气冷彻肺腑。月球在天空的一边若隐若现，像是一座巨大的磁场。我重新走回木屋。

拉松大叔也来了。我们早就已经和好，上次的不愉快在我们之间没有留下半点影子。我不再提起去村子里的事，我们像以前那样聊天谈心。他再没有把比利带来过。

他推门进来的时候，我刚刚送走一批村民。我有点不好意思地对他说："我这里已经没剩多少东西了。"我指给他看一个个空空如也的箱子。我说："我给你留了几瓶酒。"

"没事没事，我是来和你告别的。"拉松大叔说，但我可以看出他眉宇间的失望之情。我觉得十分对不起他。我们沉默了一会儿。他听到了屋顶吱吱响的声音。他摸着木屋的门框，说："这座木屋快塌了。"自从上次那场大雪过后，我就没有铲除过屋顶的积雪。我并不感到惊讶。他又说："这座木屋用的木头是很好的材质啊。"他看了看我。我回应似的点了点头。

在我走的那天，拉松大叔借了一辆货车，艰难地开到了这里。他还带来了一个强壮的男人。他们站在我的木屋前，仔细地研究如何推倒木屋而又不损害木材。当然，这一切与我已经无关了。我坐在离去的马车上，看着他们两个人离我越来越远，最后连同那辆货车一起消失不见了。

我走到阳台。午后的阳光已经疲软，但余威尚存。光芒像是一束束箭镞刺向我。我需要阳光，甚至需要更加猛烈的阳光和阳光里全部的毒素。这让我感到舒服。我喜欢闻皮肤烧焦的味道，这也让我感到舒服。我站在阳光里，似乎成了这里唯一的阴影。

我想，我应该从未去过斯德哥尔摩，也从未去过那个偏僻的小火车站——已经不存在的小火车站。去那儿的应该是另外一个人，他或许还在那里，缩在温暖的小木屋里，思念着家乡的阳光。他代我生活着那业已消逝的生活。

湖心疗养院

1

他醒来，发现自己正躺在小船里。湖水从四周轻轻推着小船，使他觉得自己的身体如同一只漂流瓶般上下起伏。他坐起来，摇晃几下脑袋，强迫自己清醒起来。这样的事已经发生过很多次。在小船上睡着，是一件很危险的事。很有可能由于角度与受力，翻倒在湖里。他知道，湖里的水草是多么茂盛与充沛，它们似乎是有生命的，当某个物件坠落湖中时，它们就会伸出细长柔软的爪子，缠住它，将它拉入湖中最幽暗处。他曾经有过失足落水的经历。那是刚来到这里不久的时候，他还没有适应湖水的漂浮。一不小心，身子倾斜，小船翻倒，他便直直地掉进湖里。他还记得自己是左半边身子先落水的，因为他本身平衡能力不好，从小身子就会不自觉地往左边倾斜，所以基本也都是往左边摔倒。他的母亲曾经领他看过医生，医生说是脊椎的问题，发生了侧弯。而他自己却觉得与心脏有关，他总感觉心脏像是一只寄养在体内的动物，时不时就会折腾一番。奇怪的是，他从未有过难受的感觉（因此排除了心脏病的可能），只是会破坏身体的平衡。

讽刺的是，他后来必须依靠平衡能力来生活。他必须穿过茫茫湖水，去到对岸，然后再返回湖心的小岛上。而他所谓的小船，其实就是一只简陋的小筏子。这种简易的小船很考验人的平衡。所幸，除了那次落水，并没有发生过什么大事。

那次他感觉到了心脏的悸动。他摸摸心脏的位置，感受到它的不安分。他低下头，笑着说："你想要出去吗？"谁知话音刚落，他就感觉自己被什么东西拉扯着，往左边跌倒。还来不及发出一声惊呼，腥咸的湖水便涌入他的嘴巴和鼻孔。

他懂一点水性。他本能地抓住小船，想重新爬上去。可是一只脚被什么东西缠住了，那东西力气很大，缠得越来越紧，他挣脱不开。最要命的是，那东西似乎还想把他拖下去，死死地拽着他。他有些惊慌，干脆孤注一掷，憋一口气，潜下水去。他的腰间总是别着一把匕首，这是多年养成的习惯。他摸出匕首，朝缠在腿上的那东西砍去。

湖水十分芜杂，而且肮脏，根本睁不开眼。他闭着眼睛，摸到那东西。滑溜溜的，像是章鱼的触角。他感觉到恶心，但容不得再有片刻耽搁了。他开始割那滑溜溜的触角。可以明显感觉到它在挣扎，似乎感觉到了疼。终于，割开了缠在腿上的那一截。他急忙朝小船游去。小船依然平稳地浮在湖面上。

自此，他深知湖里的险恶环境。从表面上看，湖水波澜不惊，周围只有昆虫和水鸟的鸣叫，像一处世外桃源。他差点被这样的表象迷惑了。谁知道表面的平静下，究竟养育着什么乱七八糟的玩意？据说，有许多人都在湖上失踪了，连尸首都找不到。就是因为这样，他很少看见别的船。这让他在危险之中又感觉到了一丝安全。慢慢地，他开始喜欢上独自一人漂荡在湖上的生活。他渴望的就是这种生活。

这次醒来的时候，他没有过多的后怕。他觉得自己越来越不珍惜自己的生命了。昨天晚上，他完成了工作，一个人躺在小船上喝酒。天空中是闪烁的星光，很多，很亮，就像天上也有人居住，一条条街道，亮着路灯。他一边喝酒，一边想起了一些以前的事，就这样迷迷糊糊地在蛙声和蚊虫的叮咬中睡过去了。

已经是清晨了。他站起来，活动着四肢。昨晚潮湿的空气趁他睡觉时钻进了骨头里，使他觉得骨头像长了一层黏膜似的不得劲。他划着小船，朝湖心的小岛而去。

很快，他就看到了小岛（昨晚并未划出很远）。在薄薄的雾气中，他看到小岛上疗养院的轮廓。白色的疗养院，像是一座上古的文明遗迹。跳下小船后，他将小船在一根木桩子上拴好，踏着轻松的步子朝疗养院走去。

在这个偌大的疗养院里，只有他和慧慧两个人。

2

早晨的雾是嘈杂的，有数不清的昆虫在练习飞行。那些穿行在雾中的昆虫，振动双翅，在他的耳边留下各种声音。有的像在敲木头，有的像是谁的嘴在吮吸，有的则仿佛尖锐的哨声。有时那些昆虫干脆就撞在他的脸上或身上。他不管它们，径直走到疗养院的门前。

疗养院已经快被迅猛生长的植物覆盖起来了。那些汲取了湿润泥土中大量养料的藤蔓，成群爬上疗养院的墙壁，爬进窗子，爬到走廊里。现在，在疗养院的内部，他也经常可以看到一窝一窝的植物。他叫不出它们的名字，他觉得，在这里落户安家的植物少说也得有上百种。在他卧室的天花板上，就寄居着一种奇怪的白色花朵。那些花朵开花的时间从不固定，总是毫无征兆地就开放了，又忽然凋谢。开花时，花朵上布满红色的斑点，并释放出浓郁的香气，总是熏得他晕头转向。他曾用钩子和砍刀清理过几次，可不出几天，便长得更加茂盛。他只好放弃，并慢慢习惯起来。有时他仿佛看到每朵花的花蕊里都长着一颗笑嘻嘻的人头。那些人头都是看不出性别的孩子。它们总盯着他看。

在他刚来的头几年，疗养院的工作人员还会定期清理窜进院内的植物。那个时候，虽然也是人员凋零，但好歹还有一些人。他们每天的工作除了照顾病人，就是拍打蚊虫和清除植物。据说，这家疗养院的创始人是一个患了神经衰弱症的富家子弟，他继承了父辈的一部分财产，便来到这个隔绝人群的小岛，建立了疗养院。起初，这家疗养院只是供他自己休养的。可谁知刚刚建成，便有一群老人坐着木筏，从对岸漂流而来，请求收留。好心的富家子弟只好答应了老人们的要求，雇了一些人来照顾他们。他想，等这些老人死去后，就可以安安心心地独自居住了。但他并没有等到这一天。不久以后，他就在湖面上失踪了，和后来许多失踪的人一样，没有人见过他的尸体。这里被他雇的助手接管，变成了真正意义上的疗养院。现在，创始人的画像还挂在疗养院的走廊上，只是被这里寄居的大型蜗牛的黏液糟蹋得不成样子。

他走进疗养院，走向最中间的那间病房。那间病房的床上躺着这里唯一的一个病人。他走到病床前，看着那个病人。带着些许的惊讶神色，看着她。他摸了摸自己的下巴，心想，造物主真是神奇。

从来到疗养院的第一天起，他就负责照顾这个叫慧慧的病人。

他以为是一个年轻女子，可当他推开门，却发现是一个不省人事的老太太。她已经非常老了，他甚至觉得她是他见过的最老的人。他猜不准她是不是已经有一百多岁了。这么老的人为什么会有一个小姑娘的名字？他感到又可气又好笑。她像是一把枯柴，躺在病床上，浑身插满了管子，每一次呼吸似乎都十分艰难。就快死了吧，他心想。

他每天的任务就是喂她吃饭（主要是流食），清理粪便，换洗衣物，还有定期擦拭一遍身体。做这些工作的时候，他会自嘲般地想起以前。谁能想到，有一天自己竟然会躲在这么一个与世隔绝的地方，成天照顾一个半死不活的老太太？在这里他深刻体会到了什么是“世事无常”，于是报复自己似的，耐心地做着一切。

而这个老人的生命力也让他惊叹。很多看上去比她健康的病人先后死去，她却活到了现在，并且他还发现了更加令人惊奇的东西……

他坐在走廊门口吸烟，是去对岸采购时顺便买的。在这里，烟很快就会发潮，因此他一根接一根地抽着。平时，他抽的都是用植物叶子做成的烟。他试过许多回，甚至还中过毒，终于发现了一种适合做烟叶的植物。不过这种原生态的烟远不如真正的烟丝味道好。

他看着湖面，还有湖面上氤氲浮动着的雾气，感觉到一种孤独。他想，这和坐牢没什么区别了，甚至更加不堪，可自己为什么还“乐此不疲”呢？水鸟从他身旁掠过，细小的昆虫在空气里聒噪着，天空中翻滚着铅灰色的云。看样子要下雨了。他熄灭了烟。

3

在淅淅沥沥的雨声中，他百无聊赖地躺在床上。他的房间就在慧慧的隔壁。其余的房间都是空的,或者已被其他生物占领。他看着天花板上的花朵，由于下雨，这些带红斑的白花一夜之间全开了，屋子里弥漫着浓郁的香气，搞得他昏昏沉沉。

他仿佛又回到了刚来时的疗养院。那个时候疗养院还有许多人，他被领进院长办公室，签了几份合同。具体内容他根本没有细看。那时他所需要的，是一个藏身之处。后来他才意识到，其实这家湖心疗养院已经到了崩溃的边缘。几乎每天都有工作人员借外出采购的机会逃到对岸，也有些干脆趁着夜色游了出去，当然，他们的后果可想而知。没多长时间，疗养院就空荡荡的，病人们也莫名地接连消失了。院长是其中消失得比较晚的，他还记得最后一次见到院长时的情景。那时院长精神萎靡，靠在办公室的椅背上，身子往下出溜，像一摊烂泥一样。“最初我们都下了很大的决心，要坚守在这里，”院长自嘲般地苦笑着说，“可是在日复一日的折磨与厌倦中，我们才发现一切都是没有意义的，是可笑的。为什么非要待在这里？你知道吗，每天晚上我都能听见植物和昆虫的窃窃私语，它们在嘲笑我们这群人。所以，逃亡是我们的最终结局。就让事物去自行运转吧，你也不会坚持太久。”

院长说这些话时像是一位老者，但其实比他大不了几岁。他听到院长的话，觉得有些伤心。我已经厌倦了逃亡，他想。这次对话的第二天，院长就失踪了。有人看见他乘着一只小船，往对岸划去。可对岸却没有人看到他。这样的情况有过许多回。人们早已见怪不怪了。

接下来的某一天早晨，他抽完一根烟，在疗养院上上下下转了一圈，最后确认：空无一人。疗养院里只剩下了他一个。他有点恍惚，同时心里感觉空落落的，直到想起了慧慧——他戏剧性地差点忽略了她。他推开慧慧的病房，她依旧躺在那里，连姿势都没有变化。是的，他想，我并非独自一人。这个念头让他微微兴奋。就这样，仿佛给了他一个留在这里的理由——慧慧和他，整个湖心疗养院只剩下他们两个。

4

一大早，他就拿着棍子去驱赶水鸟。在这里，有成百上千种水鸟，可有一种专门爱用它们长长的喙子啃木头。它们来到时，呼啦一大群，围着疗养院开始磨喙子。如果放任不管，疗养院终有一天会塌掉。[其实，他已经能够感觉到这里早晚都会塌掉。夜晚安静的时候，他都能听到疗养院吱嘎作响的声音，甚至还有墙面也在微微颤抖，好像终于承受不住重负，就快要散架啦。幸运的是（真的是幸运吗？）疗养院并没有倒塌，它依然坚定地伫立在这座湖心小岛上。有时，在房梁的颤抖中，他会想，如果疗养院真的倒塌了，将他和慧慧一起掩埋，会不会反而是一种解脱呢？他总是止不住地思考这些乱七八糟的问题，他甚至怀疑自己脑袋的某个地方是不是在夜晚会打开一个小洞，那些念头就是从小洞里钻进来的。他上上下下摸了摸自己的脑袋，并没有发现什么洞。咕咕咕，水鸟，咕咕咕。它们又来了……]他本能地去驱赶那些水鸟。

他拿起棍子打它们，水鸟飞走了，过一会儿又换个地方继续磨。水鸟似乎很喜欢这里。没办法，他只能继续拿棍子打，也朝它们扔石头。就这样折腾几个小时，它们才恋恋不舍地飞走。他并没有用某种方法杀死它们的念头，他害怕它们会记仇，到时就更麻烦了。

驱逐完水鸟，他已经筋疲力尽。可是工作才刚刚开始。他走进慧慧的病房，喂她东西吃。除了心脏的跳动和鼻翼的气息，他根本分辨不出慧慧是死是活。他慢慢地掰开她的嘴，将刚刚榨好的果酱送进她的嘴里。他看到床铺上又沾满了慧慧的排泄物。只好换上新的，再擦拭一遍慧慧的身体，保持洁净。当他看到慧慧衰老松弛、像是冻死的鸡皮似的皮肤时，会忍不住地感到恶心。每一次接触都会让他颤抖一下。我为什么要来这里给这个老家伙换衣服，喂吃喂喝？他想，我跟她非亲非故，完全没有义务……

最初一段时间，他感觉还不错。整个疗养院只有他们两个，他只负责照顾她一个病人就可以了。他感到从未有过的自由。他倒没想过丢下慧慧不管，这毕竟是个疗养院嘛，而他的身份依然是护理人员，并且，照顾一个人并不是件很困难的事……

他每天都很闲，除了照顾慧慧，就是坐在台阶上抽烟发呆，或者划上小船，在湖里转上一圈（这很危险，但他很喜欢）。偶尔他也会到对岸去采购，当然，这个时候就会格外小心，虽然这个偏僻的地方没有人认识他，可他还是告诫自己要小心。相比较而言，对岸的生活是丰富多彩的，他喜欢去那个叫“彗星”的酒吧喝点酒，坐在不易被人发觉的角落里，听听流浪歌手的演出。除了酒吧老板，在这里他没有熟人。

时间就这样慢慢流走。他开始感到厌倦。最使他厌倦的就是慧慧。他以为活不了多长时间，可她的生命力却异常顽强，这使他有点不知所措了。他依然每天都要干那些烦琐的活儿，还要忍受慧慧身上散发的难闻的味道以及她永无休止的喘息声。那种艰难的喘息声，就像是谁在用一只大手紧紧地勒着她，同时用另一只手塞进她的嗓子眼里往外掏什么东西。无论躲到哪个房间，这种喘息声都会无比坚定地敲进他的耳朵里，以至于他已经无法分清到底是真实的响声还是产生了幻听。另外，他总觉得有时慧慧是在故意折磨他，每次都是在他最萎靡的时候拉一床的屎尿。洗床单，洗衣服，不停地洗，越洗他就越觉得耻辱。

自从来到这里，他感觉进入了某种人类原始的状态，不修边幅，时而消沉，时而莫名亢奋。他有时会假装自己是一只猩猩，或者一条狼狗，随地大小便，吃生肉，并在某个夜晚蹿上屋顶，对着月亮大喊大叫……只有在听到慧慧艰难的喘息声时，他才会回过神来，意识到自己在做些什么。他无力地垂下双臂，仿佛重新回归了人类的形态，就这样坐在房顶上或者草丛里，茫然四顾……

5

那些花又一朵一朵地开放了，伸出蛇一样的信子，朝他嘶嘶作响。花蕊里的小孩脸对着他笑，不停地笑，无数个小孩在他脑袋上方转来转去。他闭上眼，感觉大地在旋转，在陷落，滑向无边的深渊。“它们都在笑我。”他想起了院长的话，他仿佛看到院长的头也出现在花蕊里，然后无数其他人的头，从记忆的泥沼中湿淋淋地升起来，盯着他看。其中一个男人左眼角处有块闪亮的疤，脸上挂着莫测的笑容。而旁边酡红色头发的女人，则一脸近乎悲伤的安宁。他愤怒地用棍子将它们全部搅碎。

他打开慧慧的门,走到她的病床前。他的手里攥着那根棍子,上面沾满了花朵的汁液，仍在往下滴着。慧慧依然像一棵植物似的，静静地栽种在那里。他想，躺在这里的人是多么沉重啊，就像是一块体内注满了脓液的朽木，但又是多么轻盈啊，如同真身飞走只将躯壳蜕在这里。他只要轻轻地动一下，就可以摆脱掉她的纠缠，而且在这个地方不会有人发现。他死死地盯着她看。反正多一个少一个，他已经无所谓了，只要轻轻地将她的脖子折断……

这时，他听到了慧慧的喘息声，与此同时，自己的心脏也在缓缓地跳动。他感受到了那种缓慢的节奏。这节奏使他冷静了下来。他扔掉棍子，走到窗前，看着外面硕大、清冷的月亮，被一层蓝紫色的光晕包裹着。

他缓缓走出病房，走出疗养院的门，来到外面。他觉得浑身无力，就像刚刚经历了一场生死大逃亡。现在，他每一个动作都很缓慢。一切就让它自行运转吧。他走到木桩前，解开捆在上面的绳子，将小船推进湖里，然后一跃而上。

他再一次漂荡在平静的湖水上。夜晚,湖面上显得异常寂静。只能偶尔听到昆虫鸣叫和水鸟抖动翅膀的声音。雾气牛奶般浮动着。他觉得夜里的湖面显得更加辽阔,自己仿佛航行在大海上。他回过头,小岛已经融化在了雾气中,连一个淡淡的影子也没有。

而前方依然是一片浓雾，看不到对岸的灯火。他有点慌了。我出不去了，他想，我会永远被困在这里。他是大海里的一叶孤舟，被黑暗吞没……

经过了几个世纪那么长的距离，他看到了对岸的模糊轮廓。一些灯光，被雾气稀释得朦朦胧胧。他朝着那片朦胧的光芒驶去。喧闹声渐渐涌向他的耳膜。心脏突然开始加速。他变得如同夜行的豹子般警觉。他默默地靠向码头。那儿只有一个烂醉如泥的男人躺在一堆绑好的木材上。他将小船捆好，跳上码头。现在，出现在他眼前的是一个热闹的集市，四处游荡着忘记自己姓名的流浪汉和醉鬼。他面无表情地从他们身边走过。彗星酒馆，就是这里，他站住，推开门。一股熟悉的酒精气息扑面而来。他的腰里别着那把砍断水草的匕首。

他要了一杯酒，找到角落里的位置坐下。这里他没有熟人，或者说，避免有熟悉自己的人。他只想好好地放松一下，但这并不意味着要放松脑袋里的那根弦。搜寻他的人可能就潜伏在周围，伺机而动，等着他自投罗网。不过，这里昏暗的光线是一种掩护。除非面对面，否则只能看到一个个晃动的黑色影子。

让事物自行运转。这句话一直悬浮在他的头脑里。他很快喝完了酒。这是一种当地酿的烈性酒，很容易醉。醉就醉吧，我就是要醉在这里，让他们在我昏睡不醒时发现我、逮捕我。

如果真是这样，那就让它自行运转吧。还有慧慧，去他妈的吧，就让她自生自灭，我管不了那么多了，我的脑袋快要爆炸了……

就让事物自行运转……

自行运转……

运转……

6

整整三天，他混迹在那群酒鬼中，喝得烂醉如泥。他享受这种天旋地转的感觉，觉得自己正生活在一场幻觉里。一切都不是真的。他依然是那个每天按时上下班的好丈夫，依然有一个漂亮温和的妻子。他觉得浑身发冷，走到一团燃烧的木柴前坐下，贪婪地汲取着火焰的温度。酡红色的头发。他抚摸着妻子美丽的长发。他对她说："晚安。"她的嘴唇闪闪发亮，那是最新式的唇膏。我是如此爱你。大地软绵绵的，他坐的地方在下陷。是什么声音？是哪个醉鬼在唱一首不成调的乡村荤曲。"我觉得你有什么事情在瞒着我。"他真的这么说过吗？他看到那个男人左眼角处有块疤痕，半个指甲盖大小，在阳光下闪烁。这是谁？他伸出双手，靠近火焰，一股暖流从指间涌入身体，他感觉到体内的酒精在沸腾。他认识那个男人。他们曾在一起吃饭、聊天、看报纸，一起去游泳。他们认识很久了。有多久？他不知道。他不记得了。他看到妻子也在。她在笑。那是一场音乐会，他们三个，坐在中间的位置。她坐在他们之间。她在笑。酡红色的长发。我为什么会出现在这里？周围全是酒鬼，酒瓶子满地打滚。其中一个看上去很老的酒鬼正在痛苦地哀号，仿佛身中数枪倒在将要被攻陷的战壕里。我为什么会出现在这里？她在笑。她在对着那个左眼角有疤痕的男人笑。那个男人。“我觉得你有什么事情在瞒着我。”是的，你是我最好的朋友。我看到你俩在一起。我提前下班，你以为这是一个偶然吗？他走进昏暗的楼道。这是白天，为什么楼道里这么黑？他迈着沉重的脚步踏上台阶，一阶一阶地往上走。我听到响声了。我相信我听到了。你们做事为什么这么不小心……他听到自己的气喘吁吁。气喘吁吁。黑暗中的声响。酒鬼在歌唱，木柴在燃烧。他打开门。哦，我感受到了一束强光。那强光要洞穿我。嘘，我看到你们了，不要躲，我看到你们了。酡红的长发。闪亮的伤疤。嗨，朋友，不要紧张，我只是今天下班早了点。你为什么流了这么多血？你为什么要哀号，我的朋友？而她，她为什么要尖叫？让事物自行运转。拉长的尖叫声。我在做什么？是的，我在跑，我跑进旷野里，我在旷野里没命地奔跑，我必须奔跑……我是如此爱你。

他掏出一张发黄的旧照片。在上面，是两个二十岁出头的小伙子，站在一起，对着镜头笑。一个是他，另一个的左眼角处还没有那块闪亮的疤痕。那个伤痕究竟是什么时候造成的？他忽然意识到，自己并不知道伤疤是何时出现在男人脸上的。他自嘲地笑着，将照片扔进火堆里。照片痛苦地蜷曲着，只一眨眼的工夫，火焰就吞噬了它。

他摇摇晃晃地站起来，拍了拍屁股上的尘土。此时酒鬼们已经聚集在一起，点燃了无数火堆。夜空被这些火堆照亮。他有些痴傻地笑着，看着这场巨大的幻觉。他举起双臂，大声喊道："我就在这里！"人们见怪不怪地朝他这儿瞅一眼，醉眼迷蒙地笑笑，便不再理会。他穿行在人群中，穿行在陌生的歌声里，穿行在这没有背叛的夜晚，身体格外轻盈……

7

他看着，那群蓝色的蝴蝶，在水族箱里上下翻飞。大约有上百只吧。想要数清它们是徒劳的。蝴蝶的数量似乎总是在不停地变化，一会儿增多一会儿减少。那个时候，他刚刚为慧慧换上新洗的衣服。他干完了活儿，觉得没事干，便来到一间房间里，看这些他捉来的蝴蝶打发时间。一间荒废的房间。这里没有哪间房间不是荒废的。

他喜欢这里的蓝蝴蝶。这种蝴蝶的形状和颜色都深深地迷住了他。它们总是飞舞在草丛里，很容易捕捉。他拿着自制的带网兜的工具，在天空中挥舞。几只蝴蝶便撞进他的陷阱里。他封上口，将它们放进空空的水族箱里。这只水族箱是他无意中在湖边发现的，不知道是谁扔在了那里。他将它稍加改造，就成了蝴蝶的囚室。他喜欢坐在那里,看着蝴蝶在水族箱里扑腾。他觉得比起慢悠悠的鱼类，这些蝴蝶更带有某种宿命感。他甚至有时会产生幻觉：蝴蝶飞着飞着就燃烧了起来，一团小小的蓝色火焰，像是磷火一般，发散着寒冷的气息……仿佛来自另一个世界。

在这里，唯一的一本书是名叫《世界尽头的小镇》的小说。不知是谁留下的，一本很薄的书，两个小时就可以翻完。讲的是一个没有名字的小镇和一帮无所事事的人的日常生活，没有故事，甚至没有情节。那里面也提到了一种蓝色的蝴蝶。从中他嗅出了死亡的味道。

“蓝色的蝴蝶，它们在我周围飞舞。我看到她从树林中走来，轻得如同一枚树叶的影子。那时天色已暗，白天的喧嚣逐渐消逝，像是换了舞台的背景。我的耳边只有清澈溪水的水流声。蓝色的蝴蝶飞舞在我们之间。我看着她慢慢朝我走来。下一刻，我们已经站在一起。蝴蝶扑在我的脸上，随即消失无踪。我看到她酡红色的长发……”

书本掉落在地，他吃了一惊，这才发现自己不知不觉间睡着了。那是一个梦。他俯身将书拿起来，掸落上面的灰尘，合上。他活动了一下脖子和手脚,骨头发出嘎嘎声。他环顾四周。天色已暗。面前的水族箱消失了，取而代之的是一个躺在那里的人。

一个男人。

那个男人浑身赤裸地躺在地板上。他走过去,走到男人身旁，低下头看。他看到那个男人的小腹裂开了一个口子，有什么东西在里面蠕动。那男人睁着眼睛，脸上露出诡异的笑容。他的左眼角处一块疤痕闪烁着。

他后退了几步。一大群红色的蝴蝶冲破那个男人的小腹，很快就占领了整个房间。蝴蝶不断扑打在脸上,他几乎睁不开眼。他艰难地望向窗外。窗外，风景静止如同一幅油画，他看到远处站着一个女人。他看不清女人的面容，只能看到她那酡红色的长发。

醒来时他浑身被汗水浸透。书本静静地放在他的腿上。他舔了舔干涸的嘴唇。水族箱依旧在那里，蓝蝴蝶在其中飞舞、挣扎，有几只已经落在地上，奄奄一息。他走过去，抚摸着水族箱。上面的灰尘沾了他一手。他抱起水族箱，来到湖边，打开盖子，将里面的囚徒全部放生。他看到已经死掉的蝴蝶，翅膀被新鲜的风吹拂着（如同吹拂一枚纸片）。

他将水族箱沉入湖中，转身回到疗养院。他来到了慧慧的病房。她还是躺在床上，玩具般一动不动。上一次，他在对岸待了整整三天。三天里，他没日没夜地和酒鬼们混在一起，几乎忘掉了慧慧，忘掉了湖心小岛上的疗养院。驾着小船返回后，他惊讶地发现，慧慧竟然还活着！她顽强的生命力令他无比震惊。他以为慧慧已经死在了他的遗忘中。他看到插在慧慧身上的那些管子，它们连接到疗养院的内部，与疗养院融为一体。有时，他站在小船上，远距离地看湖心小岛上的疗养院，会觉得整间疗养院是一个巨大的神经元，上面布满了血管与神经网。它在呼吸，在像心脏那样膨胀又收缩……

8

他漂行在湖面上。接连下了三天的雨，湖水比之前上涨了不少。此时天空已经放晴，阳光穿透茂盛的植物，照耀在湖面上，如同镜子的碎片般闪烁。他的心情很好，划行的速度也快了起来。他看着一群水鸟飞过头顶，两旁树木的枝叶鲜嫩透亮。他觉得自己已经习惯这样的生活了，对慧慧的态度也发生了转变。或许是她那涌动不息的生命力感染了他，自从那次从对岸回来后，他对慧慧的厌恶之情几乎完全消失了，照顾她也愈发心甘情愿。在她身边，他能感受到一种从未有过的宁静。慧慧的身体状况似乎也越来越好，呼吸平稳，再也听不到之前那种艰难的喘息声。有时半夜醒来，听不到慧慧的响动，他还会起床进病房看一眼，看到她没事才安心回去睡觉。

他站在小船上，静静地想着一些无关紧要的事。这时他看到前方出现了几条船，同时听到了有人在交谈。难道是抓我的人？这个念头在脑中一闪，他撑着桨，进入植物茂盛处隐蔽起来。那群人很快就驶了过来。有三条船，每条船上有五六个人，全是身材强壮的男子，他们每个人手里都拿着刀，严阵以待，似乎在沿路寻找着什么。

是强盗？他很快否定了这个想法，没有哪家的强盗会来这么一个鬼地方抢劫。他们到底是什么人？这时他看到其中一条船上有个人他认识。那是他去对岸采购时每次都会遇见的粮店伙计，他们偶尔也会在彗星酒馆碰见。

那群人划了过来，他已经藏不住了，他们发现了他。其中一个领头模样的男子做了个手势，那三条船的速度立刻减慢了。他只好主动划了过去，否则会显得更加可疑。

“你是谁？”领头男子问道。

“我是疗养院的。”他指了指身后小岛的方向。

“原来是你。”那个粮店伙计认出了他。

他从粮店伙计那里了解到，这群人是来捉水怪的。就在几天前，在对岸湖边玩耍的几名孩子失踪了，据说有人看到从湖中突然伸出了类似章鱼触角的东西，将孩子拖入水中。湖中有水怪的传说由来已久，这次发生的事大大震动了当地居民，于是他们组织起一支青壮年的队伍，来到这里寻找水怪的踪迹，可是目前一点线索也没有。

水怪？他想起那次坠湖，有什么东西缠住了自己的脚。那会不会就是水怪？他一直以为是水草，现在想起来说不定就是那个什么水怪。他有点后悔当时割下那东西时没有将它带到岸上来，否则就可以知道到底有没有水怪了。不过他在湖面上已经漂荡了好多年，除了那次意外，从没见过水怪之类的东西。因此他对找到“水怪”并不乐观。他悄然离开了人群，回到了小岛上。

夜色将至，他正在看小说，听到外面一阵吵闹。他从窗外看去，看到果然是那群人登上了小岛，正在将船拴在码头上。他在窗边看了一会儿，然后下楼，走出疗养院的大门。

“我们想在这里休息一晚。”领头的男人说。他表示如果夜里与水怪遭遇会对他们很不利。他同意了：“这里的空房间多得数不清。”他笑了笑。这些人一个个看上去很疲惫，并且有些沮丧。他为他们安排了房间。那些房间许久不用，早就成为了野生生物的居所。好在那些人并不介意。稍作打扫，他们便各自休息了。

半夜，他被什么动静惊醒了。是一群人的脚步声，他们鱼贯而入，进入了隔壁的房间。那是慧慧的房间。他们要干吗？他悄悄起床，披上衣服，拿起挂在门后的猎枪，走出房间，来到慧慧的门口。门没有关，他看到那群人压低声音，在讨论着什么，其中一个人准备将慧慧身上的管子拔掉。他大声咳嗽了一下。

“你们要干吗？”他冷冷地看着他们。

“她是这里的病人？”领头男子回避了他的眼神，看着躺在那里的慧慧，“她看上去活不了多久了。”

“你们到底要做什么？”他这次加重了语气。

领头男子的喉结不自然地上下滚动着。粮店伙计走了出来，跟他说明了真相：他们要用慧慧祭祀水怪。这是当地古老的传统，如果不想让水怪伤人，那么只能用活人祭祀。“将她扔进湖里，没人知道的，况且，”粮店伙计瞥了一眼慧慧，“她看上去和死了没什么区别。”

他拒绝了他们。

“不可能。”他似乎是无意地将猎枪对准了他们，“请你们离开这里，马上。”

他们显露出了愤怒的神情，可是目光无一例外地盯着猎枪黑洞洞的枪口看。在这间屋子里，他与他们对峙了很长时间。汗从额头流淌下来，只有他自己知道，枪里是没有子弹的。他只是偶然在一间屋子里找到了这把猎枪，却没有找到子弹。

他们最终妥协了，一个个走了出去。他站在门口，用枪指着他们，像是一个监工，直到确保所有人都离开了这个房间。他朝屋里看了看：慧慧一动不动，对刚才的情况似乎毫不知情，此时睡得正香。

他慢慢地合上了门。

9

事情发生在一天中午。他像平日里那样给慧慧换洗床单，同时喂她吃一些流食。他端着餐盘，来到慧慧窗前。那天阳光很好，从窗子照进来，照在慧慧身上。他忽然有点异样的感觉。他不知道怎么回事，看看窗外，强烈的光芒晃着他的眼。他不得不微微眯起眼。时间的流动似乎放慢了。他重新看向慧慧。她还是像他们第一次见面时那样，无知无觉地躺在那里。但有一些东西不对了。他不知道究竟是哪里不对。

他发现了。他感到大地在自己的脚下猛烈地晃动了一下，像是谁忽然抽走了脚下的地毯。是造物主吗？造物主抽走了脚下的地毯……阳光照耀在慧慧脸上。她的皱纹不知何时变得稀少，而原本的一头白发也长出了缕缕乌黑的发丝，掺在一起，显得刺眼。一切都在不经意间微微摇晃。就让事物自行运转。他勉强稳住了双手，没有失手将托盘摔碎。

他意识到：时间，正在这个女人身上倒流。

之后的日子里，每一天，慧慧都在变得年轻。他站在慧慧的病房里，甚至可以感受到时间异样的流动感。他伸出手，时间流过指尖，像是溪水。如同溪水般的时间流动在慧慧身旁，将她包裹在一个透明的罩子里。时间的罩子。像是一层蚕茧，将她紧紧包裹。

对于这种返老还童的现象，他不敢相信自己的眼睛。简直不可思议！宛若坠入梦中。难道她并非人类不成？怪不得有如此顽强的生命力……他不再敢踏入慧慧的病房，只站在门外，透过小窗子往里瞧。她的皮肤一层层剥落，新的皮肤生长出来。他手足无措地见证着这一切。他看着慧慧如同黑暗中的蛹，外面的壳一点点裂开，光从里面渗透出来……

他不知道这样的情况还要持续多久。

终于有一天，慧慧不见了。他站在空荡荡的病房里。他不知道慧慧是什么时候离开的，没有一点声响。她挣脱开时光的外壳，如同一只蝴蝶远走高飞。他的心里有一点点失落。床铺上似乎还有慧慧刚刚压过的痕迹。他抚平那痕迹，将床铺铺好，然后退出房间，关上了门。

慧慧没有再回来。只有一天夜晚，入睡后，他似乎听到耳边传来一个女人的声音："谢谢……"他努力睁开眼，除了沉默的家具，什么也没看到。他坐起来，天花板上的花朵又悄然盛开了。香气充盈着房间。他不禁怀疑刚才只是自己的幻觉。他甚至进一步怀疑：这里的一切是否都只是他的幻觉？慧慧，疗养院，湖心小岛，湖水，植物，水鸟……这一切的一切是否都只是一场幻觉。他生活在一场巨大的幻觉中。酡红色的长发，左眼角有伤痕的男人……他其实什么事都没做，妻子仍然在家里为准备着丰盛的晚餐等着他回来。而那个男人，从地板上爬起来，像小时候那样，哈哈大笑着，告诉他一切都只是一场游戏，一个恶作剧。其实什么都没有发生，他现在只是有点饿了……

10

一艘小型汽艇劈开平静的水面，全速向前。汽艇上是一个中年人和一个年轻人。中年人微微发福，眯着眼睛，漫无目的地看着四下。额前一绺头发颤抖不已。年轻人显得有些严肃，或者说警惕。他一边操作着汽艇，一边环顾四周，同时仿佛在思考着什么。他们两个都沉默着，只有汽艇发动机发出粗粝和沉闷的巨响。

汽艇的速度很快。雾气被这尖锐的速度所驱赶，小岛的轮廓显现在他们面前。“到了。”中年人说道，他将一只手插进大衣兜里，“这是个什么鬼地方……”年轻人看了看中年人，依旧没有说话，眼睛紧紧地盯着小岛。

“看！”年轻人突然说道。他们看见了他。

听到响声的时候他正在清洗慧慧留下的衣物。他想，慧慧应该会回来拿衣服的。他坐在湖边，将衣服泡在水里，用肥皂搓洗着。慧慧的衣服都很破旧了，他用力很小，生怕将衣服弄破。他看到两条小鱼摆动着尾巴，游过来。他一边洗一边看着鱼。鱼是不眨眼的，他想，鱼的记忆只有七秒钟。他心里默数七下，看到那两条鱼已经改变方向，朝另一边游去。这时，他听到从对面传来的机器的怒吼。

他看着声音传来的方向。一个小点，逐渐变大，几乎是瞬间就来到了他的面前。他站起身，将手在身上擦了擦。终于来了吗，他想。他注视着那艘汽艇，冲着小岛而来。

汽艇猛地停下，划出一个优美的弧度。几乎是同时，中年人跳下来，他揣进大衣的手也掏了出来。他看到中年人手上拿着枪。黝黑的枪身，像是一个暗物质，将四周的光都吸了进去。年轻人随后也跳下船，用枪指着他。“不许动！”年轻人喊道。

他没有动。他有些茫然地看着他俩，好像对眼前发生的一切无法理解。中年人从大衣的另一个兜里掏出一条蓝色手帕，擦了擦满是汗水的额头，那缕头发粘在了上面。“真是个鬼天气，”他说，“这里又闷又热。”

“雨季以后就是这样。”他解释道。

“是吗？”中年人笑了笑，枪口稍稍往下移了几毫米，但仍对准他的致命部位，“你在做什么？”他瞥了一眼那堆衣服，“在洗衣服？”

“是的。”他回答，“一个病人的衣服。”

“这里还有病人？”中年人看了看他身后的疗养院，“这是个藏身的好地方……”

“现在她不在了。”他说，“不过有可能会回来，我想把她的衣服洗好。”

“不要耍花样。”中年人说。

“不会的。”他双手举着，弯下腰，重新坐在湖边。他对着中年人笑了笑，然后继续洗了起来：“还有几件，马上就好……”

年轻人一直双手握枪，注视着他们的对话。中年人露出理解的笑容，放下枪，从兜里掏出烟盒和打火机，点上一根，看着他洗衣服。

他一丝不苟地揉搓着，同时看到那两条鱼又游了过来。你们的记忆只有七秒，他想，你们已经忘记了我。他洗着最后一件。时间并没有过去太久，洗完了，他将那件新洗好的衣服挂在竹竿上。此时，湖边飘荡着数件已经洗得看不出颜色的衣服，犹如混乱的旗帜随风摆动。他在身上擦了擦手，朝中年人走去。

“洗完了。”他说，同时举起双手。中年人点了点头，掏出手铐，将他的双手反锁起来。年轻人和中年人一左一右，将他夹在中间，半推着朝汽艇走去。

“等等。”他突然说。同时停下了脚步。年轻人立刻警觉起来。

他慢慢地转过身。

就在刚才，他感到有人在注视着他。是的，注视着。他的后背感觉得到。他寻找着那个目光，不过并没有找到。眼前除了破败的疗养院，看不到人的踪迹。可是，他可以确定那种感觉，那种被注视的感觉，那让他感到莫名温暖的目光。他朝一个方向点了点头。

“现在倒是回家的好时候。”他轻轻地说。

世界尽头的小镇

1

在世界尽头的小镇，每天醒来的第一件事就是去海边。风不停地吹着脸，风中飘荡着粗糙的盐粒。伸出舌头，腥咸的味道在味蕾上浸染。海浪有时跃起很高，浪的顶端总是闪闪发光。海鸟鸣叫着盘旋在头顶，尖细声如汽笛。它们等待着食物和盐。当海鸟发现目标，就会一跃而下，从海面上飞速掠过，又扬至万里高空。这个时候，它们的喙子上总会叼着一条鱼或虾米之类的东西。它们具有腐蚀性的粪便掉落在礁石上，斑斑点点。

当太阳从海面上渐次升起时，海面的颜色也出现不同的层次变化。一些不知从哪里冒出来的孩子总是在这个时刻来到海边，爬上大块的礁石，在那里看日出。伴随着他们的大呼小叫，海面变幻出各种不同的色彩，直到太阳完全升到空中。这时，阳光就会变得十分刺眼，孩子们捂着眼睛，一哄而散。如白色雕塑的云朵飘浮着，新的一天就这样开始了。

每天都像是一个轮回。太阳升起又落下，落下又升上来。我们对着太阳发呆，聊天，唱歌，打喷嚏。当我和那些孩子一般大时，我曾拿起木头手枪，对着太阳连续发射着虚无的子弹。我期待看见太阳被击穿，轰然落下。我期待着，又隐约害怕着（如果真的成真）。当然，太阳从来都没有过变化，它升起来又落下去。

清晨，一群群剃着光头、穿着宽大白色袍子的人总会走过沙滩，留下一排排脚印。他们是谁？我从不知道他们的身份，这些人几乎没有表情，耳朵上挂着银制的挂坠，沉默不语，默默地在沙滩上走着，留下脚印。他们要做什么？没有答案，因为根本就没有人提出问题。风吹起宽大的袍子，像是一个个沉默的符号。他们走后，海水涌来舔舐那些脚印。

他们最后总会消失在视线中。我曾看到一个同样剃着光头、穿着白色袍子的小孩奔跑在他们中间，像是一只不合群的海燕。

或许，我也曾是他们中的一员，但现在早已遗忘。我也曾光着脚丫，奔跑在这沉默的队列中，然而，我终究忘记了这一切，变成了一个无所事事的漫游者。

为了追求一闪而逝的幻觉，为了将那幻觉牢牢地抓在手中，我撕碎了无数张模糊的素描画像，凌乱的碎片化成翩翩起舞的白蝴蝶，飘荡在天空与海面的中间地带。阳光照耀着它们，好像被造物主赋予了生命。但这一切都只是错觉。我也是被撕碎的纸片。

穿着白色袍子的不语者，银制的锁链哐当作响。

我站在被海鸟粪便覆盖的礁石上，抱紧双臂，或者费力地点燃一根烟（你知道这有多么难！）。微弱的火苗轻易地被海风熄灭，不发出半点声响。我曾在一个晴朗的日子里听到骨头在阳光下折断的声音，那么清脆。我摇摇头，一个被遗忘的东西在头颅内滚来滚去。

在世界尽头的小镇，在这样一个晴朗的早晨，我觉得自己是那么轻。这轻使我尴尬，使我羞愧，使我几乎丧失了勇气。小船出海了，我听到水手们召唤我的声音。凝固的盐粒在他们强壮的臂膀上闪烁着白色的光。海面轻轻托举着小船。

我认识他们中的一个，一个叫拉松的家伙，我们从小一起长大。他有着憨厚的笑容和一蓬乱糟糟的胡子。他也是我唯一一个读者。我曾写过一本关于天气的书，那是我想象中的天气。世界尽头的天气。不爱说话的天气。时而变化莫测，时而凝滞不动的天气。快速奔跑的天气。不存在的天气。看不见的天气。患了忧郁症的天气……

他对我说，我理解你。

我相信他，他确实理解那些天气。我感到很欣慰。那些天气最终还是被遗忘了，连同那本书，水手们不需要晦涩的天气，他们避之不及。有人偷走了我的书。我怎么也找不到了（我怀疑自己没找过它）。

我将烟头碾碎（重复过无数次），朝拉松的小船走去。他举起一只手，做帽檐状遮挡阳光。我知道，从他的方向看，我是逆光的。

白蝴蝶飞舞、融化在我们中间的阳光里。

2

在世界尽头的小镇，出海是一件不那么重要的事。小船晃晃悠悠离开简陋的码头，驶向海的深处。大部分情况下，海上生活并没有什么波澜，甚至可以说是平庸的。水手们懒散地躺在船舱里，打牌、睡觉、看航海小说。小说里的那些惊险情节是他们一生也不会经历的，他们像父辈一样，每天打打鱼，在固定的时间出海，然后回码头。有时，水手中年轻的一个会因小说激动得热泪盈眶，从而冒出远航的念头，撑着竹竿，朝海的深处进发。他们中有的就这样消失了（并不多见），另外一些则会在某个夜深人静的时刻偷偷回来，不惊动任何人。第二天早晨，老水手们看到他，也不会表示惊奇。他们像往常一样用打牌、酒精、小说打发时间。海上的日子静静地随着海水一起蒸发着。

梦中我仿佛置身于一块飘摇的大陆。我醒来，看到拉松坐在船头喝酒。他的面前，是广阔无边的海面。没有风。这注定是没有灵感的一天（我要灵感有什么用？），甚至是没有灵魂的一天。我们——这两具没有意识的身躯，坐在一起，看着再熟悉不过的海上风景。这时会产生一种感觉：我们将永远生活在海上。这是一种可称之为绝望的感觉。所有的陆地都已沉没，世界就是一片汪洋。我们随波逐流，慢慢地与海洋融为一体，我们的肉体、骨骼、思维，都将变成水，变成某种富含盐分的流质……

海上的时间停滞了。我们在某一个时刻一同丧失了记忆。我们满怀期待，来到海上，然后忘记了究竟要做什么。

停滞的海鸟挂在天上。

水手们对我说，你应该写一本有关航海的书。

是的，我隐约觉得，我真的正在构思一本有关航海的书，甚至，已经写过这么一本。有时又觉得这一切都只是我的幻想。

海上的日子，是最容易产生幻觉的。[我曾无数次看到船舱莫名地漏了几个小洞，水从小洞不断往上涌。照这样下去，沉没是早晚的事……但小船始终没沉。(永不沉没的小船？) 想到这儿，我感到气恼，于是用藏在夹板里的铁钩子将船凿出几个洞来。这时我抬起脸，看到拉松依旧坐在船头，喝着永远喝不完的酒。我忽然记起，这些小洞都是我自己凿出来的。这本来就是一艘不会沉没的船。]

昼与夜在船舱外摇摆着它们的指针。这是无望的日子。红色的螃蟹在我的脚边爬动着。挂在天边的海鸟，下一刻又被挂到了别的地方。

你在写什么？拉松问我。

一本小说。我说。

可你写的不是小说。拉松说。

那就不是小说。我说。

我写道：终于到了那个日子——水手们称之为“接收日”。在那天，一具具棺木会从“彼端”漂浮而来，水手们放下纸牌、酒瓶和翻烂的小说，放出钩子，将棺木勾住，然后驶回码头。挂上棺木的小船行驶得很慢。

我们等着你的小说！与我们并排的水手朝我喊道。不要再写什么狗屁天气了。

3

在世界尽头的小镇，我喜欢那些细小的东西，比如鸟的鸣叫。尽管它们的叫声各不相同，但都是清脆有力的，仿佛可以握在手里。是的，每一只鸟的叫声都是不一样的，但都是细小的。我坐在窗前，和往常一样，什么也不想。

我坐在窗前，看到玻璃上倒映着自己的脸。我珍惜这样的时刻，精神放松如一枚新鲜的松针。树木的清香被风从小树林吹进来。我嗅了嗅。

木屋外面并不安静。一群人拖着沉重的棺木，艰难地往前走。他们要赶在日落之前把棺木运送到果园墓地去。他们用绳索将棺木拴起来，套在自己身上。绳索紧紧地勒入双肩。他们龇牙咧嘴。棺木在小路上留下一长溜磨损的痕迹。痕迹交叠在一起，像是车辙。

走累了，他们会站在原地休息一会儿，擦擦汗，聊聊天，吹吹风。这个时刻是美好的，他们会聊一些漫不经心的话题，然后继续朝前走。假如其中一人体力不支（多半是昨晚喝了太多酒），旁边的人总会热心地帮他一把。

这时，一只黑色的鸟落在我的窗台上。不是乌鸦，我也不知道叫什么。我只知道它不是乌鸦。它低下头，嘴里衔着一只小怀表。

我看着它。后来鸟放下嘴里的怀表，飞走了。我知道它还会再来。

这个时候，时间显得无比漫长。万物似乎是一成不变的。我冥想着前一阵下的一场松果雨。它总是说下就下。真是糟透了，到处都是刺人的松果。我们费了好大的力气才清理干净，可是过段时间它还是会下。

有人敲门。

不用开门就知道是上校。上校像往常一样，只站在门口，并不进屋。他的脸上带着老人式的谦逊的笑。

不好意思。他说。

没事的。我将怀表还给他。

他接过怀表，放在手里仔细地看了一眼，然后揣进衣服里。

它还会再来的，上校说，该死的鸟。

是的，我说，要不要喝杯热茶？

不用了，上校说，我们在玩牙齿游戏，要不要过来一起玩？

好啊。我说。

我和他走出家门，并排走在布满重重叠叠的“车辙”的小路上。几天前，上校在遗迹公园发现了这些牙齿。来到他的木屋时，屋子里已有许多人，都是来玩牙齿游戏的。

我们大约玩了两个小时。陆续有人进进出出。天色渐渐暗了下来。上校站起来把那些牙齿都收了起来。

时间不早了，小伙子们。上校说。

于是我们一个个走出他的小木屋。夜晚的小镇和白天时真是大不一样。渐渐地,路上只剩下我一个人。我觉得我是迷路了，常有的事。

沿陌生的路走着，没有光亮，连月亮都隐没在了黑夜中。风从一侧吹来。我知道自己已经走得太远了。现在回去是不可能的，只好继续往前走。我隐约看到远处山谷的形状。

后来，我听见有人呼喊我的名字。是拉松。我站在原地，不再走了。他会找到我的。这时，我想起了一个同样容易迷路的女孩。已经很久没有见过她了，她喜欢养红色的蝴蝶。

我看到了拉松和几个人点着的火把。他们也看到了我，朝我走过来。

你在这里干什么？拉松说。

迷路了。我说。

晚饭开始了，今天吃西瓜罐头。拉松说。

那真是太好了。我说。

我们走在去露天餐厅的路上。拉松抬起头看了看天，皱了皱眉头，说明天可能会有一场松果雨，让我做好准备。此外，他又说了一件事：今天又有一个女孩被长颈鹿掳走了。

你知道慧慧在哪里吗？我问。这时，已经可以看到露天餐厅的灯光了。

不知道。拉松说。没人知道她在哪儿，如果她不想让别人知道的话。

4

在世界尽头的小镇，每天早晨我都会感觉到一点害怕。那种害怕是轻微的，几乎可以忽略不计的。它静静地躺在我体内，像一只沉睡的鸟。我就这样看着它。

这个时候，房间就像一块发酵的面包，我感觉它开始膨胀，同时变得柔软。我的手陷进墙里，感受到它的呼吸。我不知道有没有人和我一样。

发呆的时间并不长，我总是会被打扰。这次是拉松，他拍打我的窗户，叫着我的名字。我走下床，拉开窗帘，将窗子打开，拉松递给我一支登山棒。他示意我要开始行动了。

今天，我们要出发去寻找被长颈鹿掳走的女孩。我们知道她可能在哪里。

拉松背着登山包，里面放着食物和水。还有其他几个我不太熟的人，也都背着登山包。我们踏上通往树林的路。

清晨的空气很新鲜。不时遇上路边独自咀嚼草料的奶牛，它们舒适而缓慢，像是面容恬静的孕妇。我们从奶牛身边走过，它们抬起头看了看我们。

我们来到林子里。

冬天快要来了，叶子厚厚地铺在地上，走上去很松软。阳光透过枝丫，显得斑斑驳驳。几只鸟扑腾着翅膀飞起来，发出锯子般的叫声。阳光一束一束打在地上。我忽然感觉很疲倦，那种什么都不想干、动都不想动的疲倦。于是我停了下来。

怎么了？拉松问我。

我没有说话，靠在一棵大树上，将烟叼在嘴里，然后拿出火柴。可火柴还没划着，就被拉松一把抢了过去。他显得有些愠怒。

你难道不知道林子里不让抽烟吗？他将火柴攥得紧紧的。你难道忘了那次森林火灾？

我当然没有忘记。那场大火灾发生时我还是个孩子，拉松也是个孩子。我们的父母去林子里救火。那次死了不少人，其中也有拉松的父亲。据说,火灾的原因就是一根忘了踩灭的烟头。那时也正值初冬时节。

对不起。我说。

拉松将火柴放进自己的裤兜里，沉默不语地往前走。我跟在后面。那种感觉好了一些，但没有完全消退。我总是会出现这种感觉，毫无原因可循。记得第一次感到这种疲倦时我还是个孩子，那天我躺在床上，阳光明媚，刚刚洗过的床单散发出好闻的味道。我看着墙上自己的影子，忽然一种感觉慑住了我。我至今也没有忘记那种感受。泪水哗哗流淌，却根本不知道是怎么回事。十几年过去了，我依然不知道是怎么一回事。

一大片云朵遮住了太阳，林子里立刻暗了下来。

咱们快点吧，拉松说，一会该下松果雨了。

我和拉松加紧了脚步。很快，我们来到河边。被掳走的女孩就在那儿，河岸边，她的身上覆盖着一层叶子，像是一条毛毯。

这是长颈鹿爱干的事。它们在夜色中悄悄潜入小镇，用柔软的长长的脖子将女孩缠绕，带着她们回到林子里。

我们来到女孩身边。我见过这个姑娘，但从未说过话。此刻她正在熟睡，鼻子轻巧地呼吸着。身上覆盖着早晨新鲜的叶子。

拉松将她叫醒。女孩舒服地伸了一个懒腰，惊奇地看着我们，好像不知道发生了什么事。

那只长颈鹿在哪里？拉松问女孩。

女孩茫然地摇摇头。我不知道，她说，我只是美美地睡了一觉。

我们带着女孩原路返回。河水的声音越来越远，最后消失不见了。鸟停留在枝头上，转动着灵巧的脖子，看着我们。

回到我的小木屋时已是中午。邮递员坐在屋前的台阶上等我。他递给我一封信，我道了谢。他拍拍屁股上的土便走了。

是慧慧的信。我来到书桌前，想拆开这封信。这时，外面刮起了一阵风，大地随之响起了噼里啪啦的声音。屋顶上像是有上万个小孩在蹦蹦跳跳。

松果雨开始了。

5

在世界尽头的小镇，一些事情自然而然就发生了，比如一场松果雨，比如在松果雨中看一封期待已久的信。其实也没怎么期待，只是当这封信来到手中时，我忽然意识到：它是我期待的一件事。松果雨还在下。我打开了信。

是慧慧的信，这个行踪不定的姑娘。看完信（非常简短），我坐在书桌前，回忆了一会儿她的样子。窗外，无数松果正在坠落。它们在地上跳跃着，滚动着。

松果雨持续了一个小时。天气放晴，一些人走出小木屋，踩着满地松果走来走去。一些孩子跑出家门，拿着松果互相扔着玩。之前被藏进牛棚里的奶牛也重新出现在草地上，安详地咀嚼和踱步。一切都恢复了原样，除了满地松果。

人们开始收拾松果时，老莫来到我的小木屋坐了一会儿。他似乎刚刚睡醒，身上还穿着睡衣。我给他煮了一大杯松叶茶。老莫反身坐在椅子上，下巴支在椅背上。我将水杯递给他时，明显地感觉到：他确实老了。他的眼皮松弛，眼袋下垂得厉害，眼神里充满忧伤的温情。

两年前还不是这样。那时他每天都有用不完的精力，整天围着动物转，从不知疲惫。自从那些动物一夜之间跑光后，他就不可阻挡地老了下去。

不要提那件事了。他总是会用手心擦擦眼睛，这么说。

我们都很理解。直到今天，他也没有从打击中缓过神来。我们总能在早已废弃的动物园看到他的身影，仿佛那些动物会在某一天回到这里。废弃的动物园早已成了孩子们捉迷藏的最佳场所，一人多高的荒草完全可以将他们淹没。

我当然知道他来我这儿是为了什么。

你们今天看到长颈鹿了吗？老莫问。

没有，我说，我们只是找到了女孩，连长颈鹿的影子都没看到。

嗯。他点点头，放下水杯，起身准备离开。

不再待一会儿？我说。

不用了，谢谢。他对我笑了笑，走了。

我知道他不会甘心的。过了一会儿，拉松来了，我们聊起了老莫。在找我之前，他已经问过拉松，得到了同样的回答。我们知道,他会将今早所有去林子里的人都问一遍。每次都这样。

老莫是个好人。拉松叹了口气，说道。

是啊，我说，他只是太想念那些动物了。

我们沉默了一会儿。我想起曾经的老莫是多么孤单，又多么快乐啊，有那么多动物陪伴着他。他每天从早到晚地照顾那些动物，用我们听不懂的语言和它们交谈。后来，它们在一天夜里冲出了动物园的大门，将老莫抛弃在这里。

果园墓地要下葬了，就在明天。拉松说。结束了沉默。

“接收日”过后就是下葬，本来应该在今天，但因为寻找女孩和松果雨而推迟了。那些从“彼端”而来的死者，将被葬在果园墓地。我想我应该过去看看。

好的，我会去。我说。

拉松走后，我重新将信读了一遍。我似乎可以看到一只红色的蝴蝶在我眼前飞来飞去。明天，我会见到艾琳，我们可能会一起去海边，或者在河边散步，也许一起做东西吃，然后一起过夜。但我脑子里会想着慧慧，而且我不能说出口。这种感觉太糟糕了。

6

在世界尽头的小镇，人聚得最齐的时刻就是在果园墓地下葬的时候。那天，平日里几乎见不到面的人都会走进来，站在你的旁边，沉默不语，或低声交谈。人们的心情都有些沉重，因为会不自觉地想起在那场森林大火中死去的人。如今他们静静地躺在墓地深处。

在墓地的另一边，果园里的果实似乎也进入了冬眠。如果是在盛夏时节，这里会缀满各类果实，色彩缤纷，流淌出的汁液弥漫在空气中，使人迷醉。我们都喜欢这样的季节。

而现在，已经是初冬了。这是适合静默的日子。

我走进果园墓地，有人和我打招呼，尽管我并不认识。他问我书写完了没有，我如实回答说还不知道该写些什么。他点点头，眼睛并不看我，喃喃自语般说道，是啊，事情总是这样的。说完，他就摇着头离开了。

果园墓地里已经聚满了人。我走进人群中。

我一眼就看见了艾琳，几乎是同时，她也看到了我，冲我挥了挥手，想叫我过去。我没有过去，因为下葬仪式很快就要开始了，这个时候我不想走动。

墓穴早已挖好，只等着将棺木放进去。

这样的日子什么时候才算完啊。一个人在我背后说道。我不认识他。

等你也躺进去的那一天。另一个人回答道。

之后就没有人说话了，因为仪式开始了。几个人用绳索将棺木抬起来，慢慢地放进墓穴中，用土填埋。一个好了，接着是下一个。一共有十几个。

在人群中我看到了拉松和老莫，他们站在一起。老莫依然穿着那件脏兮兮的睡衣，眼睛湿润，像一匹忠诚的老马，看着那些棺木与黑洞洞的墓穴。

仪式结束后，艾琳走了过来，牵住了我的手。

嗨，好久不见。艾琳眨眨眼睛。

其他人正在摆桌子，准备聚餐，就在果园墓地里。拉松和老莫走了过来。

嗨，艾琳。拉松说。

嗨，拉松。艾琳看上去很欢快。

老莫心不在焉地四处观望。

上校怎么没有来？我问拉松。在人群中我一直没有看到他。

他一直待在遗迹公园，拉松说，听说他在那儿又发现了点新玩意。

有人招呼拉松去吃午餐，于是我们和拉松告别，走出了果园墓地的大门。下过松果雨的天气总是很好，天空呈现出一种纯粹的深蓝色，没有一丝云，也没有鸟飞过。仿佛这时无论什么出现在天空中，都会被这种深蓝色吞没掉。

艾琳紧紧地握着我的手。我们来到海边。她带了两罐西瓜罐头，我们便坐在礁石上吃起来。海风依然很咸，但西瓜罐头很甜而且新鲜。罐头工厂做出的罐头越来越好吃了。

我和艾琳吃着罐头，看着大海，沉默着。甜味真切地从舌头传遍全身。同时我感觉到寒冷。糖分在体内迅速溶解。

这会儿不是出海的时间，但海面上仍然可以看见几只小船在漂荡。他们是水手中的沉思者。这个时刻，一切都是深蓝的，天空，海水，还有我的脑子。我的脑子里也是深蓝一片。但我不能理解这种颜色，并且，它使我感到有一点恐惧，呼吸不畅。

我们走吧。我说。

我和艾琳走下礁石，将两只空罐头放在刚刚坐过的地方。

7

在世界尽头的小镇，我喜欢待在林子里面。在一条河的旁边，有间石头堆起来的屋子，没有人知道它究竟是什么时候建造的，也没人知道它究竟是被谁垒起来的，有什么用途。我和艾琳常常在这间石头屋子里过夜。那里有一股死亡的味道。

走进屋子，我就仿佛看到了死亡的模样。虽然并不知道真正的死亡是什么样子。我进入屋子体内，就像是进入了死亡体内，死亡暂时收留了我们，可它并不显现自己的模样。

艾琳也喜欢这种感觉。她时常对我说，这样的感觉真好啊。所以当我们和别人说起这间屋子时，总是称它为“死”。我曾想为“死”写一本书，但我无法准确描述那种感受，只好作罢。现在，我们就待在“死”的里面。

据说，“死”的规模曾经非常宏大，在小镇更古老的时候，许多人聚在这里，没日没夜地跳舞、歌唱，将这儿装扮得如同宫殿一般。但那个时代只是传说，没有人真正见过。多少年过去了，“死”的规模越来越小，越来越破败，人们似乎遗忘了它，或者说，不再愿意提起，人们宁愿让它埋藏在林中深处。于是，“死”只剩下如今这副孤零零的样子。没人知道它究竟遭遇了什么。

在“死”的旁边，有一条河。我喜欢这条河，准确地说，我喜欢一切河流。我常常坐在河边的大石头上（不知道这是不是“死”的一部分），看着被河水冲刷而来的叶子、树枝，还有里面游动的小鱼。河里的鱼长得蠢头蠢脑，我看它们时，它们会停止游动，聚拢过来也看着我。我们经常陷入漫长的对视，直到艾琳提着渔网走过来，那些鱼儿才一哄而散。

因此，其实它们并不蠢。（有时我觉得这里的一切都充满假象，或者是我宁愿将它们看作一种假象。）

我和艾琳躺在“死”的床上，已经是晚上了，月光从窗子照进来，落在床单上。我伸出手，月光便照在了我的手上。我抚摸着它。月光在手上流淌。四周很安静，只有流水的哗哗声。艾琳在我身边翻了一个身。

你好像有什么事情。艾琳说。

没有，我说，今天的月色真好看。

我不喜欢你有事瞒着我。艾琳说。

睡意忽然袭来。黏稠的睡意。眼皮变得无比沉重。我不知道该说些什么。这一切都是如此美好，我第一次觉得与“死”是如此接近。我曾有无数个日日夜夜在这里度过，却一点也不了解它。它只是一个光秃秃、冷清清的石头房子吗？我觉得黑暗中有什么东西在坠落，我伸手，没有抓住。它们在黑暗中坠落。

我看到红色的蝴蝶，在黑夜中轻柔地扑扇着翅膀，没有发出声响。我顺着旋转楼梯一直往下走。我不知道它通往哪里，或许是世界尽头。

我是被艾琳摇醒的。我看到她的眼睛在黑夜中像猫头鹰般闪亮。当然，这只是错觉，眼泪从她美丽的眼睛中源源不断地流出来，滴在我的肩膀和手臂上。凉凉的，使我想到外面流淌的河水。

慧慧给我写信了。我说。

艾琳沉默不语。她在黑暗中等待着。

她说她与一只蓝色老虎在一起。我说。

就写了这些？艾琳问。

就是这些。

她为什么要写这些？

我不知道。我说。

很久没有回答。我再次昏昏睡去。睡梦中，我走出“死”，外面的月亮出奇地大，闪烁着耀眼的光芒，恍若白昼。它就停在头顶，我久久地凝视着它。我听不到任何声音，河水的声音也消失了。时间似乎停止。“死”就在我的身后。我不知道这是否真的只是一场梦。

8

在世界尽头的小镇，我时常会感到一种饥饿感。当我在“死”里醒过来，外面响起鸟儿的啼鸣。我睁开眼睛，看着旁边空荡荡的床单——艾琳不知何时离开了。我忽然感觉到饿，一种不算严重但令我无法抗拒的饿，一种迫使我放弃一切思考的饿。

我穿好衣服，走出房子，看到它笼罩在阳光中。它的形状似乎与夜晚时不太一样。

但我想不了那么多，此时此刻我只想找点东西吃。我离开“死”，离开那条河流，离开树林，回到了小木屋中。依然是之前的模样，这使我稍稍安心。

我找出了点吃的，还有半瓶酒。

充饥后，一种舒适的无力感充盈全身。但我很快就忘记了吃的是什么。我又回忆起了西瓜罐头的味道。我坐在窗前，不知道要做什么。一些不认识的人从窗前走过。

我想，应该去遗迹公园看看，那里是个打发时间的好去处。于是我披上一件孔雀蓝的外套——这是我最喜欢的外套，我喜欢这个颜色。和我其他衣服一样，它也是皱皱巴巴的，但是一穿上我就感觉信心十足。

今天的太阳很好，我在充足的阳光中慢慢走着，感受着光的温度。我两手插进外套的兜里。我的脚掠过小路上的灰尘。在这样一个清晨，阳光是甜的，两只白色的鸟飞在天上，像是一双洁白的白手套。

蜂鸟在我耳边震颤着翅膀。它们盘旋在周围，时而静止在阳光中，时而倏然飞走。我跟随其中的一只（于是偏离了道路），找到它的巢——在一根不算高的枝丫上。我爬上树，将鸟巢中的酒拿出来。这种蜂鸟酿出来的酒有一股特别的清香味道。它们将新鲜果实叼进巢中，酿出酒，因此平时也醉醺醺的，人们经常可以看到趴在地上喝醉了的蜂鸟。这时只要你将它捧在手中，轻轻地吹口气，它就会慢慢苏醒过来，然后从你手中飞走。

我从蜂鸟的巢中拿出酒时，一只蜂鸟便冲过来，啄了几下我的手。它显然对我这种强盗行径十分痛恨。我只好跳到地面上，大步朝遗迹公园走去。它奋力扑打着翅膀，追了一会儿，后来还是放弃了。听不到翅膀的声音后，我便也放慢了脚步。

这样的天气，这样的太阳，这样的光芒，我不想走得太快。

遗迹公园已经远远可以望到了。我拎着酒，慢腾腾地走着。这时，左侧有什么东西闪了一下，随即又闪了两下。我停下脚步，看向那个地方。

果然，是晴天的闪电。

这种情况并不常遇到，但也不是完全遇不到。我走过去，看到它躺在草丛中，不时闪烁一下，又黯淡下去。它的形状很好看，可以说，这是我见过的最精美的闪电，大约有一根拇指大小。不能直接用手拿它，于是我放下酒，脱下外套，将它包裹住。

孔雀蓝的外套，正合适。

就这样，我用双手小心翼翼地捧着外套里包裹的闪电，往遗迹公园走去。可这样一来，就拿不了酒了。我站在那里，考虑了一下，想：回来再拿酒也无妨吧。

既然如此决定了，我便快步朝目的地走去。

走进遗迹公园的大门（围墙是用土堆的），便看到上校正坐在最高的土丘上，眯着眼睛，神清气爽地晒太阳。他看到了我，喊了一声我的名字。

我怀里闪烁着小小的闪电。

9

在世界尽头的小镇，每天清晨，老上校都会在遗迹公园里挖来挖去。有时能挖出点东西，更多时候则什么也挖不出来。挖完后，他坐在高高的土丘上休息，擦汗，晒太阳。现在，他就是这样，眯缝着眼睛，一缕银发贴在额头上。

土丘很高，旁边架着梯子。我顺着梯子爬上去，在上校身边坐下。从这里可以看见遗迹公园的全貌。这儿有大大小小无数个坑洞，每个坑洞旁边都是小山一般高的土丘，在坑洞和土丘之间，杂乱地摆满了那些挖出来的东西。

你拿着什么东西？上校问。

闪电。我说。我将衣服打开，却发现里面空无一物。

它消失了。我说。

经常是这样。上校对我笑了笑。而我想起了酒。我对他说应该把酒拿回来。不必了，上校说，我这里挖出了不少酒。

我和上校一起顺着梯子爬下土丘，然后再爬梯子进入一个坑洞内。洞很深，这地下世界里摆着两张沙发和一个茶几，都是他挖出来的东西。我们分别在沙发上坐好。上校从茶几下面的抽屉里拿出两瓶酒，打开盖子，放到茶几上。于是我们开始喝酒。我们干杯。

挖出来的酒有一种特别的味道，那种被时光所遗忘的味道，很容易喝醉，所以我们都喝得小心翼翼。我不时抬起头，看看头顶上的洞口。光从那里射进来。没有风。

我喜欢这样安静的时刻。谁也不说话，只是默默地喝着酒。可是安静总持续不了多久。几个我不认识的人将脑袋探了进来。

嗨，上校。其中一人喊道。

你好。上校说。

我们是来玩牙齿游戏的。另一个人说。

好吧，你们下来吧，上校说，不过今天我想玩杏仁游戏。

玩杏仁游戏也可以。那些人说。

于是三个男孩从梯子上爬了下来。

我们开始玩牙齿游戏。上校显然有些醉了，脸红红的，眼睛似乎快要困得睁不开，可还是努力陪这些男孩玩，他们玩兴很大。

玩完了，三个男孩意犹未尽地离开了。上校靠在沙发上，显得疲倦不堪，头发也变得乱糟糟的。他自嘲似的笑了笑，说自己的精力实在没法和年轻人相比。

我竟然已经这么老了。上校喃喃自语道。

洞中又恢复了宁静。我们将杯子里剩下的一点酒喝光，深陷在沙发中，双脚架在茶几上，看着洞口的光线变化。太阳曾短暂地出现在洞口处，那时，整个洞内变得金光熠熠，强烈的光芒刺得人睁不开眼，同时一股暖流注入了我们的身体。但很快太阳就离开了，洞里重新变得冷清起来。

听说前两天挖出了新鲜玩意？我说。

是的。上校说。或许你会特别感兴趣，所以我叫拉松告诉你，让你有空过来看看。

看来是有趣的东西。我说。

我跟着上校爬出坑洞，来到另一个稍小一点的坑洞里。这个洞里没有沙发，也没有酒，只有一张书桌，上面摆着一件用布盖起来的东西。由于洞较浅，我可以感受到风不断从洞口吹进来。

这是什么？我问。

上校将布掀开。是一台橙黄色的打字机。

这是我前两天挖出来的。上校说。

我仔细看了看它。

似乎只是一台打字机。我说。

稍等，上校说，等风更大一点。

当一阵风吹过打字机时，我看到它自动打了起来。上面的按钮一个接一个按下去，就像有个隐身人在操纵它，只不过没有稿纸。

真的很有趣。我说。

是啊，上校说，我准备将来把它放进我的博物馆里。

筹建一座遗迹博物馆，把挖出来的东西都放进去。这是上校一直努力做的事。

10

在世界尽头的小镇，我们喜欢坐在小酒馆里，就算什么也不做，我们也喜欢坐在里面。白天小酒馆里很昏暗，到了晚上反而明亮起来。几只猫总在我们双腿间跑来跑去。我们不知道这里究竟有多少只猫，它们都喜欢吃西瓜罐头。

我和拉松喜欢喝一种叫不上名字的酒。我们坐在一张小桌子旁，用吸管喝着。老莫坐在不远的另一张小桌子旁，喝着一杯颜色忧郁的酒。一只黑白相间的猫钻到他桌子底下。他气急败坏地使劲跺了跺脚，将那只猫赶了出去。他喜欢一切动物，但唯独不喜欢猫。

酒馆里还有一些人，很多我们并不认识。

我和拉松讲了讲关于那台能自动打字的打字机的见闻。拉松很有兴趣地听着。

这么说只有起风的时候它才会动咯？拉松问。

是的。我说。那时它感觉很舒服，上校挖出来的时候，它好像在地下憋坏了。

那真的不错，我也想见识一下。拉松说。

我们各自干了那杯叫不上名字的酒，又要了两杯。酒保殷勤地为我们换了新的吸管。现在是几点了？我们完全不清楚。

在酒馆里，时间是停滞的，在酒精中旋转。

酒馆建在一个蓝色的盆地里，因此，置身其间时，会觉得时间也在这里凹下了一块。我们有时望向窗外，会看到一片莹莹的蓝色，仿佛是海底的景色。

见到慧慧了吗？拉松问。

没有，我说，她总是这样行踪不定。

喝完了剩下的酒，我们走出酒馆，走出蓝色盆地。外面的天已经黑透了，硕大的月亮挂在天际，周围的星星如同眼睛般睁着。走在路上，两边的草丛中有时会传出歌谣。我们听不懂，那是草或蟋蟀的语言，不过确实很悦耳。每当这时，我们的心情就会愉悦起来。尤其是喝了酒，没有醉得难受，却也感觉脚下轻飘飘的时候。那歌谣便有了某种迷幻的效果。我觉得身边的草越长越高，慢慢没过了自己。周遭的事物都变得巨大（或者说是我变小了），小石块也像是一座小山。草丛变成了丛林。巨大的蟋蟀从身边走过，像是一头敏捷的大象。我抬头，月亮和星星都变得十分遥远，几乎分辨不清。我哭了起来，但是不知道究竟为何而哭。我哭的声音是如此微弱，以至于一阵风声也能轻易地盖住。巨大的蟋蟀停下脚步，转动着眼珠，疑惑地看着我，不一会儿又一跃而起，落入远处的丛林中不见了。我哭累了，就躺在地上，迷迷糊糊地进入了梦乡。

醒来时，我发现自己躺在草丛里。四野无人。身边的一切都恢复了正常。蟋蟀在我耳边鸣响着，如同一个个会跳跃的微型闹钟。我站起身，拍了拍身上沾染的草。躺过的地方野草倒伏，显现出我身体的形状。拉松在哪里？我不是和他在一起吗？或许是我喝醉了酒，将记忆搞混了。

我的身后，便是蓝色盆地，里面的小酒馆散发着幽蓝的光芒，可以隐约看到晃动的人影。我慢慢朝前走着。不知走出多远，再回头时，小酒馆已经不见了，蓝色盆地也消失了。我知道，我再一次地迷路了。只有无尽的夜色。它柔软的壳包裹着一切。

不知不觉中，我来到了果园墓地。这里四周闪动着美丽的磷火。透过厚厚的土层，似乎可以看到果树的根茎深入到棺木中，深入里面躺着的人的躯体中。那些躯体，将最后的物质聚合献给了植物的根茎。他们将借此焕发为新的生命形态，当冬天过去。

美丽的磷火，像是黑暗中绽放的花朵，可爱地燃着。我静静地欣赏了一会儿。

我不知道前方的路，也看不清周围的事物。只能向前走，不能停下，因为夜晚很冷，而我穿得很少。我冲那些可爱的磷火挥了挥手。它们喜悦地跳动着。

我听到了河水的声音，停下了脚步。月亮这时显现出来。借着清辉，我知道我来到了“死”。它还是那个老样子，一点也没变。我走到它面前，伸出手摸了摸。它有些冰凉。

我进入到“死”的体内，点燃了壁炉里的木头。此时我急需一点热量和光亮。火生起来了，小小的火焰，烘烤着我的手，并且带来了光亮。这儿一点点暖和起来。

烟顺着烟囱缓缓飘出，融入夜色中。

我看到有什么东西从窗外一闪而过。是一张脸。我知道那是什么，却没有动弹，我依然坐在小小的壁炉前，感受着火的温度。这让我感觉很舒服。

有什么东西拍打着门。我打开门，就看见了它。

蓝色老虎。

已经很久都没见过它了，如果不是那封信，我甚至不知道它还活着。记得上一次见它，还是在老莫的动物园里。那都是多少年前了？那时它小得像一只猫，蹲在笼子里，惶惑地看着我们。而现在，它明显长大了，真的有了老虎的模样。它的毛发依然是蓝色的。

它的四肢看上去强壮有力，眼睛闪烁着幽光，盯着我看。我看向门外，果然看到了慧慧的身影。她站在河边，似乎正观察河里的什么东西。

蓝色老虎缓缓地转过身，给我让出了一条路。我走出“死”，来到河边，和慧慧站在一起。我微微侧过头，看她的脸。她的脸依然是我记忆中的样子。

我们谁也没说话。

月亮清澈地照耀着河水的流淌。我可以看到里面游动的鱼。我认识其中的几条。

蓝色老虎就徘徊在离我们不远的地方，像是一个忠诚的卫士。它的毛发在月光下显得很漂亮。四周静悄悄的，只有萤火虫在黑魆魆的草丛上方飞舞。

“死”安静地沐浴在月光中。它的样子似乎又有了变化，一种我之前没有觉察的变化。它总是处于不断的变化中。现在的它更美丽了，几乎在夜色中熠熠生辉。窗口晃动着火焰的影子。多么美妙的夜晚，我忍不住吹起了口哨。

那是一首我从小就会吹的小夜曲。有点悲伤的调子，我并不是很喜欢，但完整的曲子，我只会这一首。于是我用口哨将这支小夜曲从头到尾地吹了出来。很完整地吹了出来。

我喜欢这支曲子。慧慧说。这是她今晚第一次开口说话。

谢谢。我说。

然后又是沉默。这个夜晚将永远持续下去。这样很好，我们被固定在这个沉默的画面中。蓝色老虎在不远处，看看四周，不时瞥我们一眼。它蓝色的尾巴悠闲地晃动着。

我要离开这里了。她说。这是她说的第二句话。

你要去哪里？我问。

我想起了一些事情，觉得很悲伤。我想起小时候，还有更年轻时的事。那时我们不是这个样子。事情不知怎么就发展成了现在这样。我们总是等它真的发生了才会想到更多。

你在想什么？她说。

没什么，我说，我想回到屋子里去。

那好吧，咱们再见。她对我笑了笑。

回到"死"里面，我站在窗口，看着慧慧和那只老虎渐渐离去的身影。老虎的肩膀一耸一耸的。

此刻我想像一条鱼那样，游入河的最深处。

11

在世界尽头的小镇，我醒来。感觉脑袋昏昏沉沉的。浑身酸痛无比。阳光透过窗子倾泻进来。我尽力支撑起身子，靠在床头。鸟一刻不停地叫着，像是锯木头似的。我不知愣了多长时间，阳光一点点延伸，我的头痛也一点点延伸。

这里没人打扰。除了我和艾琳，几乎没人会想起这里。我安心地躺着。可是很快我就感觉口渴，非常强烈的渴感，嗓子似乎变得肿大而粗糙。

我试着挪动双腿下床。这不太容易。双腿一夜之间失去了力量。我费了好大劲才站起身，像踩在软绵绵的云朵里。我就这样扶着周围一切能扶的东西，走出屋子，来到河边，坐在一块圆滚滚的石头上。

河里的鱼好奇地看着我。那是一些两寸长的小鳟鱼。它们不认识我。我看不见一条认识的鱼。捧起水，将嘴唇凑到水里。哦，我的嘴唇，像是炭火般饥渴。

不知道怎么会这样。喝完水，我躺在河边的草丛里，像是被海浪拍上岸的鱼，痛苦地喘息着，一动也动不了。我想，我需要一罐西瓜罐头，一点点糖分。可现在我什么也做不了。

再次睁开眼睛时，我已经躺在了自己的床上。周围围着一些人，有拉松，也有老莫和上校，我还看到了艾琳。

你终于醒了，拉松说，你怎么病成这个样子。

我虚弱得说不出话来。

你发烧烧得很厉害，老莫在一旁说，我们发现你时你已经昏迷了。

是艾琳找到你的，上校说，我们到处找都找不到你，最后是艾琳想到了那里。

我看向艾琳，可她转身离开了。

她还在生你的气是不是？拉松凑到我的耳边悄悄地说，不要着急，慢慢就好了。

我冲他笑了笑。他拍拍我的肩膀。尼采医生会治好你的，他是小镇最好的医生。拉松说。尼采医生就站在他的旁边，是一个瘦瘦高高的人，显然因为拉松的话而有些不好意思。

不是什么大毛病，就是着凉了。他温和地笑着说。

晚上还是很冷的。拉松说。

是的。尼采医生说。他搓了搓手，将医用箱背在左肩上。我先走了，他说。

您走好，有空过来玩。拉松说。医生点了点头，转身离去了。他的衣服洗得很白，有些晃眼。我闭上了眼睛，但毫无睡意，肚子咕咕作响。我依然说不出话来。

他们似乎很无聊，但又不想走。陆陆续续有人走进来，又被拉松轰了出去。都是些我不认识的人。其中一个，我后来认出来了，是那个被长颈鹿掳走的女孩。

拉松没有轰她走。

他真可怜，女孩看着我说，你们是在草丛里发现他的？

是的，准确地说是河边的草丛。拉松说。

太可怜了。女孩说。她怜悯地看着我。我觉得她的眼睛很美丽。怜悯也很美丽。后来她走了，屋子里就剩下了我认识的那几个人。

没什么事的，不用担心，你只是缺点糖而已。拉松说。

你体内的糖分出奇地低。老莫对我说。又补充道，这是医生说的。

拉松走到我的那台唱片机前，盯着瞧了一会儿，然后打开开关，流淌出我熟悉的音乐。唱片机是上校从遗迹公园里挖出来的，送给了我。它已经很旧了，可还能出声。现在，这声音缓缓地飘出来，像是光中的线。

我们跳会儿舞吧。拉松提议道。

于是上校、老莫和拉松，三人个跳起舞来。是小镇当地的舞。据说正是由于舞蹈,小镇才成为了世界尽头。这很令人费解。没人能想明白是怎么回事。如今舞蹈已变为娱乐手段，这倒很明白。

我看着他们在音乐中跳起舞来。

过了会儿，艾琳走了进来，他们便停下了。她抱着几只西瓜罐头，有点惊讶地看着他们。

你们竟然在跳舞？她尽力憋住笑。

呃。拉松不好意思地挠挠头。这是他最可爱的时候。

我看到一只黑色的鸟落在窗台上。他们也都看见了。鸟的嘴里衔着一只小怀表。它敏捷地动了动脖子，然后松开嘴，将小怀表放到阳台上，便飞走了。

上校走出去，不一会儿，在窗外重新出现。他拿起小怀表。

他在阳光下晃了晃那只小怀表，笑着，仿佛在说，看到没有，一切正常。

12

在世界尽头的小镇，一切正常。艾琳喂我吃西瓜罐头。糖一点一点回到我的身上。阳光在窗外闪烁着，树木的影子摇曳不定。其他人都走了，屋子里只剩下我和艾琳。风吹进来，吹进我的身体里，吹着身体里的糖。

我看着她轻盈的躯体。空气里有初冬特有的清凉味道，像是薄荷的气息。仿佛有透明的小鱼穿梭在我们之间。我伸出手，抚摸她柔软光洁的手臂，像握住了新鲜的枝叶。她惊奇地看着我，不过很快她便对着我神秘一笑。

我亲吻她。吮吸着甜。

有什么东西，推着我，向上升。

我看到屋顶被掀开，强光照射下来，几乎让人睁不开眼。我看到一双巨大的眼，盯着我，黑色的眼珠不时动一下。我听到从远处传来的呼喊声，像是在群山中回响。

13

在世界尽头的小镇，清晨第一缕阳光总有不同的味道。我睁开眼，看到艾琳将头探出窗外，伸出她小巧而灵活的舌头。我来到她身边。她的头发没有束起来，随意地散开。瘦削的肩膀，让我忍不住想要搂住她。于是我就这么做了。

她咯咯笑着。她总是喜欢笑，不笑时的表情就像是受了什么委屈。时间还早，外面没有什么人。不时有蜂鸟急速掠过。它们在忙着寻找过冬的食物。

今天的阳光是什么味道的？我说。

是橙子味的，她说，哎呀，你抻到我的头发了，快放开。

我放开了她。我的胳膊刚一松动，她就像一头小鹿似的轻快地挣脱开。她打开了那台唱片机。音乐流淌出来。

昨天拉松他们跳的是什么舞？有意思极了。她笑着说。

我也不知道。我说。

我看向窗外。今天是个美好的天气。天空碧蓝如洗。冬天就快要到了，昆虫野兽将要冬眠，河水也会冻结，空气也慢慢变得凛冽。美好的冬天，人们聚在一起，用柴火取暖。

我们出去转转吧？艾琳说。

好的。我说。她关上唱片机。音乐在屋子里又逗留了一小会儿，才慢慢消逝。我们都喜欢这个时刻，唱片机关了，可还留有一截尾音，仿佛是舍不得离开。我们静静地听着，直至消散。

好了。她伸了一个懒腰。

我们漫无目的地遛弯。这时人们纷纷醒来，开始干活，为冬天做打算。有的人去山里砍柴，有的人囤积蔬菜，还有一些女人在阳光下缝被子。艾琳欣赏地看着她们流畅地穿针引线。她说很羡慕她们，说自己手脚很笨，不会用针，什么也缝不好。

我没有说话。我们的手轻轻地牵在一起。

不知不觉，我们走到了罐头工厂。在阳光下，罐头工厂给人亲切的感觉。其实它很破旧，已经有许多年头了。我回忆起小时候，我们绕着它捉迷藏的场景。我和艾琳走进去，一股熟悉的味道扑面而来。那是果子的味道。

工厂里的工人都忙碌着。马上就是冬天最寒冷的时候了，必须要储藏一些过冬的罐头。那些装好的罐头摞在一起，有一人多高。当然，这还远远不够。

上校果然在这里，戴着手套，将做好的果肉和糖汁装进罐头里，然后用工具拧紧。他是一个热心肠的老头，不用说也知道，他绝对一大早就过来了。

我跟他打了一个招呼。他抬起头，对我笑了一下。

过来帮忙啊，作家。他对我说。

没问题。我说。我和艾琳走过去。上校递过来手套，又看了看我们，说，你们和好了？艾琳戴上手套，没说话，但脸上的表情是轻松愉悦的。

我们开始做罐头。

艾琳在我的对面。我不时抬头看看她。她却没抬过一次头。她总是很专注。我喜欢看她专注的样子。没过多久，她旁边的罐头就比我的多了许多。

我想起第一次见她时的情景。

那个时候，她在制糖厂工作，喜欢和一大帮厂里的姑娘一起行动。她们的身上都有糖的味道。我远远地看着她们，闻着空气里的糖。

上校走了过来。已经中午了，到了吃饭时间。我们与工人们一起去露天餐厅。我什么也不想吃，只想吃罐头，于是上校给我拿了两罐西瓜罐头。

在吃第二罐西瓜罐头时，我忽然想起了小时候一则关于蝈蝈的故事，说的是一只喜欢唱歌的蝈蝈，后来在冬天被冻死了，它的灵魂升到天堂，继续唱歌的事。

我忍不住将这个故事讲了出来。

我小时候就听我爷爷讲过这个故事。上校嘲弄地说，他在吃一碗超大量的玉米饭。

这个故事已经老掉牙了，艾琳说，我来讲一个新的吧，是关于一只绵羊的……

她说完了绵羊的故事，我的罐头也吃完了，还喝光了里面的西瓜汁。

我们回到罐头工厂，又工作了几个小时。

天色暗下来的时候，上校走到我面前，说，辛苦你了，今天就干到这儿吧。

反正我也没事做。我将手套还给他。

走出罐头工厂，天已经黑了下来。冬天就是黑得早一些，其实并不晚。我和艾琳到小树林转了转，她向我说起了上次遇见狗熊的事。

真是吓死我了，艾琳说，所幸那时它只是在用石头砸野核桃，没看到我。

我记得那只狗熊，在老莫的动物园里，只有那么一只。它那时还很小，总是显得很孤独。

我们穿过树林，就看到了河。河水在月光下波光粼粼。不远处，就是“死”，我可以清楚地看到它就在那儿。

我们过去吧？艾琳说。

不，我摇摇头，我不想去那。

那好吧，艾琳说，无所谓。

于是我们回过头，重新往小树林走。我又想起了那天晚上的场景。那只蓝色老虎，还有慧慧。她说她要离开这里，她会去哪儿呢？难道她真的找到了“世界尽头”？在小镇,“世界尽头”一直是个传说，尽管我们知道，它的的确确在这里，可没人找得到它。有人曾猜测，“死”就是“世界尽头”，可这未免太轻易了，也没有证据。

我总是怀疑，慧慧真的找到了它。

我们走到河边时，一条五寸长的鲤鱼高高地跃出水面，浑身流淌着明亮的水滴。我们走过,听到从身后传来清脆的扑通声。

14

在世界尽头的小镇，每到冬天，人们都会在屋檐下挂一只小铃铛。那是一只沉默的铃铛，或者说喑哑也不为过。平日里，它是一点声音也不会发出的，除了下雪的时候。

只要天空中飘起了雪花，它们就会丁零当啷地响起来，声音连成一片，甚是悦耳。在小镇，这已经成为了传统。每家每户都会挂这样一只沉默的铃铛。

一大早，我就和艾琳翻箱倒柜地找铃铛。我忘了把它放在哪里了，因为它是一只沉默的铃铛。我们翻遍了所有能想到的地方，都没有找到。

或许我们把它落在了“死”。艾琳说。

于是我们穿过树林和河流，来到“死”。它静卧在冬日的阳光中，看上去如此驯服，仿佛一只冬眠的野兽。我不禁说道，冬眠就像是死了一样。

或者说死了像是在冬眠。艾琳说。她今天心情挺不错。

我们走了进去，开始寻找。没几分钟铃铛就被找到了：在床底下。我拿着它，摇晃了两下（当然是不出声的），然后攥在手里。铃铛并不大。我想不起来是因为什么把它拿到了这里。你想得起来吗？我问艾琳。

我也想不起来。艾琳说。

是的，我们都想不起来了，但找到了就是好的。我说，干脆把铃铛挂在这里吧。

艾琳想了想，说，也好，这附近只有这一只铃铛……

因为附近也只有这一间小屋。我说。

我踩在凳子上（艾琳扶着），开始在屋檐上挂铃铛。它被一根红线悬着，在阳光下闪闪发亮。有风吹来，它便随风摆动。当然，是不出声的。

既然来到这儿，我们便不想走了。天气一天比一天冷。我们走进屋子，燃起壁炉，然后一起钻进被子里，看着壁炉的熊熊火焰。

就这样不知过了多久，天色一点点暗下来了。我们的肚子饿了。我对她说，我们去小酒馆找点吃的吧。艾琳说，好的。

我在前面走，艾琳跟在后面。曾经漫天飞舞的蜂鸟已不见了踪影，想必是冬眠去了。我分辨不出走到了哪里，我知道，我又迷路了，直到艾琳轻轻地握住了我的手。

在那边。她说。

于是她拉着我的手，走向另一条路。我知道，那是一条正确的路。

我们来到了蓝色盆地。远远看去，那就像是另一个星球。所有的一切都是蓝色的，灯光也是蓝色的。我和艾琳走进去，刹那间，我们也变成了蓝色的。

酒馆里聚满了人。我们随便喝了几杯饮料，又点了份吃的。我点的是青菜面条，她要了一份炒莴笋。我们吃到一半，拉松走了过来，拉来一把椅子坐下。

嗨，看到你们真高兴。拉松说。

你看上去也很高兴。我说。

是的，你猜怎么回事？拉松说，是老莫，昨天夜里，比利回来了。

我当然记得比利。那是一只金色毛发的牧羊犬，曾经我们去老莫的动物园，最想看的就是它，因为它是那么美丽、平易近人。后来，它和那些动物一起出逃了。

比利回来了吗？我说，那我应该去看看。

是的，它回来了，就在昨天晚上，老莫抱着它哭了整宿，拉松说，不过它老了，像老莫一样老，再也不是以前的比利了。

我们都没再说什么。拉松被其他人拉去喝酒了。他似乎谁都认识，这让我很羡慕，对我而言，这几乎是最不可能的事。

吃完后，我们离开了小酒馆。我和艾琳借着月色回到“死”，钻进被窝里准备入睡。这时，我们听到了清脆的铃声。

看来第一场雪就在今晚。艾琳望着窗外说。

我困得不行，伴随着悦耳的铃声，很快进入了梦乡。

15

在世界尽头的小镇，大雪终于降临。清晨，我拉开窗帘，积雪的反光使我一阵目眩。雪真厚啊，我几乎打不开门了。雪已经停了。小小的铃铛仍挂在那里。它也闪烁着微光。

艾琳被阳光晃醒，揉了揉眼睛，从床上坐了起来。我看到了她精致的小乳房，像那只铃铛似的聚焦着光。她睡眼蒙眬地套上一件件衣服，最后是一件红色的毛衣。

那毛衣看上去有些旧了，但散发出淡淡的好闻的味道。

我喜欢这种味道。

我情不自禁地抱住她，使劲嗅着旧毛衣的气味。她咯咯地笑着，想要推开我，但没有成功，只好任由我紧紧地抱着她，像是在清晨被我抓到的一个小俘虏。

好啦好啦，她笑着揉搓着我的头发，我肚子饿了。

我松开她。我们简单地吃了一些东西，又喝了果汁。

雪后的阳光纯净得让人内心柔软。我们走在大片的阳光下，呼吸着清新的空气。雪在我们脚下发出细微的响动。身后留下了我们的脚印。这里的第一排脚印。

河水依然流淌，带来一些被大雪压断的枝叶。不久它就会结冰。

咱们去哪儿？艾琳问。她的嘴里冒出白色的雾气。

不知道。我说。这时雪花又开始飘落，不过并不大，只是像羽毛那样缓慢地飘落。

在路上，我们碰到了一辆红色的冰激凌车，正在出售新鲜的冰激凌。制作冰激凌的是一个我没见过的女孩，她将干净的雪放进容器里，又加入一些不同口味的作料。

一群孩子围着冰激凌车。它看上去很可爱，像一匹红色的小鹿。

我们也买来尝了尝。当舌头触碰到冰的时候，我感觉它舒服地颤抖了一下。

随处可见打雪仗的孩子，我们穿梭在雪球的轰炸中。有几次雪球打到了我的身上。我看到老莫坐在不远处的长椅上，安静地看着眼前的一切。一条有着长长的黄色毛发的狗静卧在他的膝盖上，似乎正在睡觉。是比利。老莫不时抚摸着它的脊背。

我们走过去，老莫主动跟我们打了招呼。

嗨，老莫笑了笑说，你们要去哪儿？

我们也不知道要去哪儿，我说，这是比利？

是的是的，是比利，老莫低下头看着熟睡中的比利，它回来了，总喜欢睡觉。

一起去上校那儿喝一杯？我说。

不了，老莫说，比利好像很怕陌生人，它哪里都不太想去。

我们还记得它，我说，尽管那时它还很小。

是啊。老莫说，一边抚摸着比利的毛发。

好的，我说，再见。

我们告别了老莫和比利。

16

我和艾琳来到海边。天气不错，但景色早已看腻了。我们靠在岩石上，沉默不语。前几日的那场大雪，落到这里竟无声无息。这儿似乎永远保持一个季节，一切都是恒定的。海鸟依旧盘旋在我们头顶，汽笛似的鸣叫。海浪上依旧有小船漂浮着，待在原地一动不动。

一切似乎都没有改变。但冬天毕竟是来了。

我们吃着西瓜罐头，看着雪一片一片地落下来。雪落到我的脖子里，冰凉，有一种刺痒的感觉。糖分在我体内蔓延，准确地说，不光是在我的体内，似乎也在我和艾琳之间弥漫。我很享受这个时刻。我忽然想到一首诗，但具体的词句却怎么也想不起来了。仅仅是想到了有那么一首诗而已。

你想说什么？艾琳看着我。她的眼睛明亮，仿佛阳光下闪动的雪花。

我什么也没说，只是舒舒服服地伸了一个懒腰。西瓜罐头吃完了。我记起小时候，我们将吃完的罐头穿上鱼线，然后放进河里。抬起鱼竿时，每次都能看到有小鱼钻进罐头里，我们将小鱼放了，继续钓鱼，直到罐头里残存的最后一点糖分被河水稀释。

我感觉自己正渐渐沉入回忆中，可我不想这样。于是我站起来，看着身后的小镇。小镇沐浴在初升的阳光下。雪飘荡在空中，闪烁着晶莹的光。

我看到拉松在小码头前朝我挥手。他又要出海了，像许多年前他第一次出海时一样，那么年轻，粗粝的海风并没有使他衰老。

透过雪幕，我仿佛看到上校喝得醉醺醺的，躺在高高的土堆上，自己跟自己玩着杏仁游戏。在他的周围，摆满了各种挖出来的东西。

老莫和比利一起坐在屋檐下，看着雪花落下。他的手轻柔地抚摸着比利的毛发，比利还是那样无精打采的，只是偶尔发出一些混沌不清的声音。那个声音只有老莫能够听懂。他用手心擦了擦眼睛。

"死"依旧待在小树林里，静静的，仿佛一万年也不会改变。但我知道，它总是变化的。

雪不一会儿便停了。雪停后，很快便消融。这时，我看到那些穿着白袍的人从远处慢慢走来，他们还是那样，光着头，沉默不语。其中有年轻人，也有看上去很老的人，排成长列，一步一步地往前走。他们留下无数脚印，涨潮后，那些脚印里会栖居小螃蟹或小海星。

我看着他们走过。在队列的末尾，我看到了慧慧，和那只蓝色老虎。慧慧骑在蓝色老虎的背上，老虎缓慢地走着。它的脚印比人的要大几号。

老虎停了下来。我看到慧慧转过头，远远地朝我看了一眼。然后，蓝色老虎载着她，以同样缓慢的步伐走入大海。它就那样走着，直到它与慧慧完全消失在我的视线中。

没有发出半点声音。

冬天已经到来。我紧紧地握着艾琳的手，或者，是艾琳紧紧地握着我的手。我们能感到彼此身体的颤抖。我想告诉她，我的书其实已经写好了，只是缺一个结尾，我需要耐心地等待它。而又是那么害怕它的出现。

雨中婚礼筹备

雨还在下。我感觉自己进入了一种介乎于梦幻与现实之间的区域。这样的感觉是奇妙的，也是难受的，就像是一只夹在玻璃缝隙中的苍蝇。一只濒死的苍蝇。我挣扎着，从中汲取一切痛苦与兴奋的感觉。这本身就是一件愉快的事。我感到身体在慢慢上升，无限地接近天花板。为什么要说“无限”？因为天花板似乎也在不断升高。总之，我很快就远离床铺，但仍保持着平躺的姿势。我不知道自己究竟是闭着眼睛还是睁着眼睛，周围一片漆黑，除了雨水的哗哗声外，听不到任何的声音。我放任自己的身体，仿佛它已经不再属于我。我从未变得如此轻盈，仿佛有一只大手掏空了我所有的重量。我不知道还要上升到什么时候，似乎已经升得很高了，但天花板永远比我高那么一点。我感到头痛，剧烈的头痛，但我不愿意停止，希望再升得高一点。

如果这个时候在天花板上开一道门，也许将会看到一些神奇的东西。就是这样。我像一缕烟一样，上升着。

可是我听到了该死的电话铃声。那声音一响起来，上升立刻就停止了。马上有一股强大的力量把我往外推。可是我不愿意停止上升，于是我与那股力量对抗着。我们对抗着。我开始旋转起来，脑袋一会儿对着窗户，一会儿对着门，一会儿对着一侧墙壁上新买的油画。旋转越来越快，我头晕目眩。我感觉马上就要吐了。电话铃仍然响着，声音凄厉。

停下吧，停下吧。我心里默念着。我认输还不行吗。旋转的幅度果真越来越小了，到最后，终于停了下来。我在空中又悬浮了一会儿，然后重量突然回来了，我迅速下落，直到砰的一声重新落回坚硬的床板上。一切都恢复了正常。

我挣扎着睁开眼，首先看到的是天花板。它没有任何异常。回到现实，我才意识过来，如果真的在天花板上开一道门，那么除了被楼上误认作小偷抓起来外，我什么也看不到。此时我的心中充满绝望，刚才那种上升的梦幻感仍停留在我的身体里，久久不肯离去。

电话铃又响了起来。一边响一边愤怒地颤抖着。我拿起电话，里面传来巨大的雨声，还有一个男人急促的叫喊。可是他的话我一句也听不清。我不断地对着话筒“喂喂喂”，里面的嘈杂声实在太大了，一个字也听不到。最后，只好挂断了电话。我知道这种举动一定会使电话那头的人很难堪，可是除此以外又有什么办法呢？

头还是很痛。我还在思念着刚才那种上升的感觉，但悲哀地发现那种感觉在流失，就像是一颗融化在口腔中的糖果，除非再往嘴里放进去一颗，否则你的嘴巴早晚都会变得苍白无味。于是我闭上眼睛，企图重新进入感觉。那种介于现实与梦境中的状态是很难得的。有时你会沦陷在梦境中，疲惫不堪，而更多的时候，你像是一条小船浅浅地游过梦境，甚至连一点涟漪也没有。只有中间的部分是最好的。

可是一声响雷吓了我一跳。我知道我不可能再入睡了。响雷过后紧接着是一道闪电，尽管拉着窗帘，尖锐的白色光芒仍照亮了整个房间。我的房间很小,并且很混乱。就像你想的那样，衣物随便扔在地板上或覆盖在我的身上。我从床上坐起来，使劲揉了揉脸，最近脸上的皮肤似乎越来越松弛了。

我找出床底下的拖鞋，来到窗前。拉开窗帘，我吓了一跳。尽管从声音可以判断出外面的雨势，但没想到竟下得这么大。整座城市都笼罩在一层低矮的黑幕之下。天气阴沉得厉害，建筑的轮廓已经模糊、扭曲，似乎在雨幕中不停跳动着。我居住的地方位于一栋公寓楼的二十四层，从窗户望去，此时城市的建筑变成了一根根长短、大小不一的黑色柱子，浸泡在雨水中。一切声音都被雨声覆盖了。只能听见雨水击打物体的声响，声音连成一片，咚咚如同敲鼓。只有在闪电降临的片刻，才能短暂地看到纵横的街道和缓慢移动的车辆。我站在窗前。雨水倾泻而下，猛烈地敲击着窗玻璃。玻璃在窗框中不停地颤抖着。雨水在窗户上聚集成无数股细小的水柱，像是一条条粗壮的并仍在不断膨胀的动脉。

这样的天气，根本分不清白天还是黑夜。我看了眼床头的电子钟。黑暗中电子钟的屏幕发出荧荧的光芒，显示时间是早晨七点半。我想时间差不多了，如果再不出去就赶不上了。我在震耳欲聋的雨声中匆匆穿好衣服。甚至早饭也顾不上吃。我刚套上雨衣，电话铃又响了起来。

我拿起话筒，里面还是一个男人的声音，不同的是，这次背景的噪音减少了一些，可以依稀听到他说的话。他似乎说到“莉莉”“大雨”“婚礼”之类的词。但是他的话总是被雨声阻碍，断断续续的，我很难听到一个完整的句子。倒是“你在听吗”这句话重复了好几遍，每次我都礼貌地回答“我在听”，可是他明显越来越焦急，语速也越来越快，这样一来我就真的什么也听不清了。

我一边听他说话一边看着电子钟，已经过去十分钟，再不结束的话，恐怕就真的赶不上了。但我已经挂过一次电话了，再次挂断实在不礼貌。于是我又耐心地等了几分钟，那边还是在大喊大叫，说着我完全听不懂的语言。从语调可以判断出，他已经完全绝望了，最后我终于听出了一句话，他说的是“简直是场闹剧”。

不行了，已经没有解释的时间了。我说了一句“对不起”，又挂断了电话。一阵又一阵的雷声传来，比刚才还要猛烈，似乎连屋子都开始微微颤抖起来。我看到窗外同时出现三条闪电，一下子把天空和我的屋子照得透亮。

来到楼门口，雨水显得比之前更加真实。成批成批的雨水从天空倾倒下来，确实有些让人望而却步。我深吸一口气，冲进雨幕中。雨滴如无数只小拳头般噼里啪啦砸到我身上，我可以感受到它们的重量。四周的景物昏暗不明，我几乎是凭着直觉在辨别方向。在这样的天气里，雨水简直像是沉重的墨汁。

我穿过一个又一个街道，平日里这些街道就几乎一模一样，现在更难以分辨了。我不知道自己是否已经迷了路。总之，我一直往前走着，就像有什么力量在推着我。四周的灯光被洗刷得朦朦胧胧，散发出的光晕模糊不清，甚至已经缩小到了光斑的程度。地面全是积水，水中产生了一个倒映的城市，地上的灯光也在水中被原原本本地复制了一遍。这可不是什么好事。

在我的眼前，全是模糊的光斑，没有丝毫照明的作用，它们唯一的目的就是扰乱人们的视线。更严重的是，我的睫毛上已经挂满了水珠，在水珠的扭曲和变形下，整个城市都被光斑填充了。

我费力地穿过那些光斑。虽然几乎什么都看不清，但我的双脚可以感觉到，面对如此磅礴的雨势，城市的下水道系统已经宣布罢工了。地面上全是深深的积水，有的时候甚至没过了脚踝。我的鞋子里全是水，袜子湿漉漉地包裹在脚上，十分别扭。于是我停在一处屋檐下，稍作休息，把鞋脱下，将里面的水倒干净，然后脱掉了袜子。我把袜子投入水中。那两只袜子浮了起来，像是两只小船，顺着水流愉快地漂向远处。紧接其后的还有几只塑料瓶和一只好像是死老鼠的黑乎乎的东西。

我的脚舒坦了不少。在雨中，城市变成了一座巨大的迷宫。我觉得同样的路口似乎经过了好几次。路上偶尔可以遇到几个行人，他们显得狼狈而瘦长，迅速地移动着。我分不清是男是女，他们的动作也让我想笑，大跨步地前进，就像是一群在水中跳踢踏舞的傻瓜，把水踢得老高。这时水平面似乎升高了不少，已经没过了我的脚踝。我则慢慢地在水中滑行。水流不停地冲刷着我的脚踝，使人感到一阵阵愉悦。

不知又走了多长时间，雨水的击打已经让我疲惫不堪。我的腰越来越低，马上就要伸到积水里了。水平面还在不断增长。我绝望地想，可能真的赶不上了。

就在这时，我看到一个橙黄色的光斑朝我而来。我抹了一把脸，看清那是 taxi 的标志。对我来说，这真是上天派来的救星。在出租车就要驶过的时候，我急忙大声呼喊着，同时配合着大幅度摇晃手臂的动作。好心的司机看到了我，踩下了急刹车。车子“吱”的一声在我面前停下。巨大的水花拍打到我身上，将我冲得一个趔趄。我什么也顾不上，拉开车门就钻了进去。

司机是一个满脸胡须的粗壮的中年男人，戴着一顶脏兮兮的大帽子，几乎遮住了一只眼睛。裸露的胳膊上满是浓密的绒毛。他用怪异的眼神看了我一眼。我不知道这个眼神是什么意思。我低下头，看到自己全身湿淋淋的，水不断从身上流下。我坐的座位上和脚下已经湿了一大片。我感到十分愧疚。

“请把你的双手平放在前面。”司机大叔突然说道。

“什么？”我没有听明白。

“请你把手放到我能够看到的地方。”司机大叔转过头来对我解释说，“这种天气里，如果死个人恐怕没那么容易被发现。我可不愿意被人杀掉然后扔到下水道里。”

这下我明白了，他是害怕遇到抢劫的。为了证明我的清白，我连忙把双臂举起，然后微笑地看着他。他面无表情地冲我点了点头，开动了汽车。

“您去哪儿？”他问。

“海边。”我回答说。

是的，我要去海边迎接我的鲸鱼。

这是一座沿海的城市，但从来没有鲸鱼经过这里，我也从来没有亲眼见到过活着的鲸鱼。曾有过两次机会，但我都错过了。就在几天前，广播里说，有一条迷失了方向的鲸鱼将在附近出现，市民可以去海边一睹鲸鱼的风采。我不知道鲸鱼为什么会迷失方向，可能是因为辐射或是污染什么的吧，总之，对我来说这是一次绝好的机会。

我从小就喜欢鲸鱼。它庞大，而且线条流畅，也很可爱。从第一次在电视上看到它不紧不慢地露出半个头在海洋中优哉游哉地游动，我就喜欢上了。听说有时鲨鱼会趁它不注意咬下它一片肉，而它也根本不在意。真是太酷了，它是我所认可的大海里真正的王者。

“快点，再快点。”我不停地催促道。实际上，司机比我还要急躁，因为不论他怎么踩油门，出租车总是处于很慢的节奏。轮胎在积水中发出暴躁的声音。我们向前行驶，激起一路水花。在我们眼前，像是有人一盆接一盆地往挡风玻璃上倒水，雨刷几乎不起作用。我身边是个富有经验的司机，他完全是在凭直觉驾驶。

终于，我们穿过市区，来到了海边。这个时候，雨也比之前小了一些。我从口袋里拿出几张湿漉漉的纸币交到司机手里。他接过钱，然后不知从哪里拿出一只吹风机，看样子他准备把钱吹干。我说了一声“谢谢”就急忙下车了。

刚下车，我就闻到了一股浓郁的海腥味。雨还在下，但丝毫没有冲淡这种味道。海洋的味道使我稍微安下心来。我朝前走去，来到海边。海面的颜色在这样的天气里显得昏暗不明。有些发蓝，也有些发绿，还微微发红。这么多色彩汇聚在一起，使得海面像是一幅巨大的油画。我看着这幅油画，看着它不停地拍打着我脚下的礁石。礁石完全变成了黑色，像是被烧焦了一样。从远处看，大海在暴雨中也是波澜不惊的，但如果站在礁石上，你就会觉得脚下有一股强大的力量在不停击打着，似乎脚下的地面随时会粉身碎骨。

海面上方的天空相比之下要显得明亮一些。你可以看到群峦叠嶂的积云，闪电像是一条条巨大的全身发光的电鳗在云层中穿梭，天空这里亮一下，那里亮一下。如果往更远的地方看去，你会发现海洋与天空似乎在慢慢聚合，颜色也愈发相近，到最后，只留一条细细的线彼此区分。如果抹去这条细线，不知会发生什么……

我登上礁石，注视着辽阔的海面。海面上很干净，只有闪电不时斜刺进海中。我有些担心，会不会已经错过了鲸鱼？这个念头使我焦虑起来。因为暴雨，岸边并没有人，如果是平常，总是会来几个游客的吧。我走下礁石，绕着海岸走了一段路。风大了起来，雨水由于风的缘故增加了几倍的力量，斜刮到我身上。我尽量离海面远一点，因为随时都有被风推进大海里的危险。

我走了很长时间——或许并没有多长时间，只是我的心中充满绝望,所以才觉得时间漫长。总之,到最后,我几乎要放弃了。海面上一直都没有出现鲸鱼的影子。

就在不知道是走是留的时候，我突然看见不远处一块礁石上站着一个人。我看不清他长什么样子，只能看到一个黑漆漆的影子，突兀地站在礁石上。我心中又重新燃起希望。我想，他应该也是来看鲸鱼的。否则谁会在这样的鬼天气里站在那里呢？想到这儿，我就朝那个人走去。

石头上都是水，很湿滑也很高。我费了很大的力气才登上那块礁石。离近了，我才看清这是一个穿着深色衬衣（我实在分辨不出衬衣的颜色）的男子。他身材瘦高，戴着一顶圆帽，面对着大海，站在原地如礁石般一动不动。最有意思的是，我看到他举着一把伞，但伞面已经残破不堪，或许是被猛烈的暴雨冲刷的，几乎只剩下伞骨了。他就这样举着一把伞骨。大雨在他头顶倾泻而下。

我走到他身边。他的目光依旧凝固在海面上，并没有看我一眼。我俩沉默了一会儿。一时间，我们周围只有大雨如注和海浪的声音。

“你也是来看鲸鱼的吗？”我按捺不住，问道。

“是的。”他回答道，可他并没有转过脸来看我一眼，“但我并不是来看的。”

他的回答使我感到莫名其妙。我不知道该接什么话，只好继续沉默。他已经被大雨淋成了落汤鸡，并且浑身哆哆嗦嗦的，看上去很冷，嘴唇似乎由于寒冷而不住地颤抖着。他很年轻，甚至比我还年轻。我有点可怜他了。

“你知道吗，我非常喜欢鲸鱼。”我说。他对我的话没有任何表示。我继续道：“我从小的梦想就是能亲眼见一见真正的鲸鱼。我曾有过两次见到鲸鱼的机会。第一次是小时候，父母领我到这座城市的水族馆，告诉我那里有鲸鱼。结果，我发现这只是他们给我设的众多骗局中的一个。他们对鲸鱼一点也不关心，去水族馆仅仅是因为什么快到期的兑换券。第二次，是我和一个同事坐轮船去另一个城市出差。那时我睡着了。醒来后，他告诉我刚才他们看见鲸鱼了，就出现在离轮船不远的地方。

很多人都看到了，但是我却睡着了。因为他没有叫醒我，所以我们争吵了起来。后来我丢了那份工作。”

我以为我和他都属于鲸鱼爱好者，我的话应该会引起他的兴趣。可令人失望的是，他依旧一动不动望着远处，甚至连一句礼节性的回应都没有。我感到沮丧。你知道的，在我周围没有人能理解我对鲸鱼的喜爱。实事求是地说，我对他是抱有一点期待的。可这是什么意思？他对我的态度完全是无礼的，高高在上的，而我在他面前像是一个卑躬屈膝的下等人。他究竟骄傲什么？事实是，我穿着雨衣，就算是雨下得再大也不怕。而他呢，拿着无用的伞骨，衣着单薄，海风使他瑟瑟发抖。难道真正可怜的人不应该是他吗？

我气恼不已。不用说，他装腔作势的目的只是为了证明他对鲸鱼的喜爱远远超过了我，或者说，他自认为在这方面比我更像个专家。我用愤怒的目光盯着他看。他面无表情，对我的愤怒视而不见——或者说，他根本就没有注意到我的愤怒。不得不承认，他占了上风。我只得收回目光。但我不甘心让一个比自己还要年轻的人击败我，这让我颜面大失。

“你知道吗，鲸游泳速度较慢，一般为每小时十公里，最快时为二十五公里。所以它现在还没来，不要着急……对了，鲸潜水的时间和深度也很惊人。这你应该知道吧？它可潜入二百到三百米的深海，历时两小时之久……鲸的肺活量也很大，它的肺可容纳一万五千升气体，下潜时贮存大量氧气，上浮时呼出大量二氧化碳，这是它能长潜的原因之一……这些其实我不用说你也应该知道吧？”我装作漫不经心地对他说道。我不相信他能比我掌握更多的数据。背下这些数字无论如何也应该得到他的一些尊敬。

可是他依旧没有理我。我陷入了极为尴尬的境地。鲸鱼还是没有来。海面此时不能说波涛汹涌，但也并非波澜不惊。风把雨水刮到我们身上。闪电灵活地穿梭在云层之间。雨似乎比刚才又大了一点。我看到水珠不住地从他的帽檐滴落。在闪电的映照下，他的脸苍白而年轻。他的手里依旧可笑地举着那把只剩伞骨的破伞。

没想到我冒雨前来，竟会受到这么一个同龄，甚至比自己还要年轻的人的侮辱。这使我怒不可遏。我一把夺下了他的破伞。

“你干吗？！”这下他终于注意到我了。他的眼睛里满是惊讶。

我冷笑一声，把他的伞使劲扔了下去。破伞碰撞到礁石，立刻就散架了。

“你为什么要这么做？”他显得很震惊。

“这把破伞对你有什么用？”

“这跟你有什么关系？！”他推搡了我一下。

我刚想还击，这时我看到远处的海面上出现了一个暗色的影子。像是一艘轮船，但我知道那绝对不是轮船。是鲸鱼。鲸鱼终于出现了。

是的，那确实是鲸鱼。我听到了一阵汽笛般的声音，然后看到从那个暗色的影子上喷出的喷泉式的水柱。那个影子离我们越来越近了。

可是我却无论如何也看不清它的形状与模样，或许是离得太远了，或许是天空太暗了，总之，它在我的眼里是一团黑乎乎的东西。

这是我第一次如此近距离地接触到鲸鱼。我内心激动不已。水滴打在脸上，我已经分辨不出那是雨水还是泪水。我的身体由于兴奋而微微战栗着。我用手掌作帽檐状遮挡雨水，努力想要看清鲸鱼的模样。可是我依然看不清楚。它依然如此模糊，像是一大块移动着的黑色的礁石。这使我心焦不已。

就在这个时候，发生了一件让我无论如何也想不到的事。那个青年竟然从我身边一跃而下！我吓了一跳，伸手去抓他，但是没有抓到。我看到他矫健地跃入海中。我瞪大了眼睛。他在海水中冒出了头，然后朝鲸鱼的方向游去。

一道响雷在我脑后突然炸响。震得我头皮发麻。我发现，海平面原来一直在以惊人的速度上升。海浪在我不注意的时候快速地吞噬着海岸。海水不知何时已经朝最近的海滨房屋涌去。我看向鲸鱼。它离我越来越近。它竟然是朝着海岸的方向游来的。而那个青年早已不见了踪影——或许海水已经毫不留情地吞噬了他……

我最后看了一眼鲸鱼，转身走下礁石。

当我最终离开礁石，重返迷宫般的城市的时候，一种怅然若失的感觉一直缠绕在我内心。我不知道究竟是怎么了。刚才发生的事就如同梦幻一般。我知道我是跌跌撞撞离开岸边的。暴雨并没有丝毫停止的迹象。我重新走入城市星罗棋布的街道中，蹚着水，但脑子里想的全是那个青年的脸。他的脸在雷电的映照下是如此苍白。一定有什么事情出了错。

我就这样心乱如麻地走着。好几次我差点滑倒，幸亏及时扶住了周围的东西，才勉强稳住身形。我似乎成了一个逃难的人。我只想早点回家。

我发现有一个影子总是在跟着我。本来我并没有在意，只是无意中回头时能够看到那个影子，穿着发黄雨衣，身材高大，雨衣的帽子遮住了那个人的脸。他总是与我保持着一定的距离。灯光使他的雨衣在雨中闪闪发光。慢慢地，我可以确定那个人确实是在跟踪我。为了甩掉他，我穿过了一个又一个路口，可他总是像幽灵般跟在我的身后。我加快了脚步，他也同样加快了脚步。我不禁想起了那个谨慎的司机。是的，在这样糟糕的天气里，谁知道会发生些什么呢？想到这儿，我真的害怕了。我跑了起来，扒开一个又一个挡在我前面的行人。他们咒骂着我，雨水也毫不留情地拍打在我脸上。我一边跑一边委屈地快要哭了，我不知道为什么会走到这份田地。

跑步本来就不是我的强项。我已经使出了所有力气，但始终甩不掉他。最后，干脆站住了。我知道无论发生什么都躲不掉了，我看着他渐渐逼近。如果这时他从怀中掏出一把枪，我也毫不惊讶，我已经在最短的时间内把所有最坏的可能性都想到了。当然，我的心中还存留着一丝侥幸，因为能够预想到的事往往都不会真实发生。

那个人走到了我的面前。我特意在一个灯光明亮的路口停住脚步，所以毫不费力就看清了他的面孔。竟然是一个老头子。他留着浓密的八字胡（嘴唇都被遮挡了），两腮深深地瘪了下去，因此显得颧骨很凸出。几乎在我看清他相貌的同时，他一把抓住了我的右臂，并且很用力，好像是怕我再次跑了。

他皱着眉头，喘息着，用另一只手从怀里拿出一副圆形金丝框的眼镜，戴在眼睛上。他的眼睛小而聚光。他审视着我，直到雨点弄花了镜片，才不情愿地把眼镜重新放回怀里。但是他抓住我的那只手一直没有放开过。

“真的是你？我以为我认错了人……你为什么现在还四处乱跑？嗯？”他显得很生气，胡子都颤动了起来，“你难道忘了今天是什么日子吗？”

我有点不知所措。

他叹了口气，摇摇头，说：“今天是你和莉莉举办婚礼的日子啊！可是你还四处乱跑，我的女儿怎么会看上你这样的人，哎，不过这会儿还不算太晚……”他说着借势挽住了我的手臂，“好了，快点跟我走吧！”

我就这样被拽着往一个方向走去，他那副家长特有的心急如焚的样子使我无法反抗。我们急匆匆地穿过一条条街道。一路上，我的岳父大人不停地唠唠叨叨。路过一家快被水浸泡了的蛋糕店时，他突然转过头来，质问我：“你之前为什么两次都挂掉了我的电话？嗯？你知道我找了你多长时间？哎，真是一场闹剧……”

“我……”我刚要解释，他却又嘟囔别的事去了。当然，那些事我并不想听或根本就听不懂。我就这样被他挟持着往前走，像是一个木偶。我忽然又想起了那个跳海的青年，他的脸再次浮现在我眼前。那张苍白的脸使我惧怕，我使劲地摇晃着头，想把他从脑子里晃出去。

“你有什么毛病？”岳父大人不满地说。

当那张苍白的脸暂时从我眼前消失后，我终于松了口气。我抬起头，看到雨滴几乎是垂直地从天空坠落下来。如此密集，如此急促。它们就这样落进了我的眼里……

我们不知道走了多长时间。直到在一家写有“×××酒店”的霓虹灯下才停了下来，岳父大人使劲撞开了酒店的木质大门。一下子,在我眼前出现了一个灯火辉煌的世界。宽阔的酒店大厅。精致的水晶灯。十几张圆形大桌。百来双眼睛。众目睽睽。

两旁的侍者接过我俩的雨衣。岳父大人领着我穿过那些大桌，径直走到最前面的一个年轻女人面前。她穿着白色婚纱，表情憔悴，眼圈微微发红，似乎刚刚哭过。我不得不承认，这种样子反而有一种莫名的美。

“我以为你不要我了。”她看着我，笑着，但眼圈又瞬间红了起来。

“怎么会呢，我这不是赶来了嘛。”我安慰道。此时，那些坐在大桌子旁的人鼓起了掌。灯光很明亮。人们的笑容也都很亲切。岳父大人一边笑一边摇着头说：“一场闹剧……”但是很明显，他现在的心情变得很不错。

“你去哪里了？”莉莉问我。

“我……”我觉得，既然要与眼前的这位女士结为夫妻，就要坦诚才行。可是如果我实情相告关于鲸鱼的种种事，或许并不会产生良好的效果，甚至会事与愿违。因为鲸鱼是无法解释的，就连我自己都不知道鲸鱼到底是怎样的一种东西……费力地去解释，弄不好大家会认为我满嘴谎言。于是我住了嘴，只是对着她笑，尽量营造一种“一切尽在不言中”的氛围。

事实证明，效果很好。莉莉并没有再追问，心情也恢复了过来。岳父大人连忙去招呼一旁的乐队。这是一个规模不大的乐队，有钢琴、萨克斯、竖笛什么的，乐手们因为我迟迟未到而变得懒洋洋的。那个胖胖的钢琴师正趴在钢琴上睡觉，而其他人也坐在椅子上，无精打采的。岳父大人把他们一个个都叫了起来。他们强打精神，拿好乐器，歪歪斜斜地站在一起，奏起了一支婚礼的曲子。

外面的雨声似乎比之前更大了，奏乐的声音很快被雨声覆盖。岳父大人气得暴跳如雷，他大声训斥着那些不负责任的乐手，要求他们使出劲头来。于是，乐手们更卖力地奏乐，努力地与外面的雨声抗衡着。

一切事物都在朝着皆大欢喜的结局发展。而我却再次想到了那个脸色苍白的年轻人。他的面孔不自觉地又一次浮现在我眼前。我仿佛又看到了他毅然投入海中那一刻的画面。而想到那一刻的时候，一种羞愧之情竟然在心中弥漫开来，像是一种疾病那样弥漫着。这是一种复杂的情绪，它使我无法融入眼前的欢乐场景中，甚至把我与眼前的一切隔绝开。这使我很痛苦，我真想大吼一声：这究竟是怎么一回事？！

当然，事实上我是非常安静的。有些人与我交谈，有些人跟我开玩笑，有些人向我敬酒，我都微笑着回应。我想，我应该给来宾们留下了很好的印象。莉莉和岳父大人都显得很高兴。但那个青年的形象在我眼前一直挥之不去。我想，一定有什么地方出了错。

这时，一个司仪模样的人走上台前，大声宣布，现在是新郎与新娘交换结婚戒指的时候了！

一个红色的小圆盒递到了我的手上，我打开盒子，里面是一枚钻石戒指，在灯光的映照下，显得无比璀璨。我从戒枕上取下戒指，看向莉莉。她正笑盈盈地看着我。我朝她走过去，准备把这个小小的闪光的圆环套在她纤细的无名指上。

雨还在下。

我听到了一种声音，一阵细小的响动。我不知道在如此嘈杂的环境中，怎么会听到这种声音，因为相较下它实在是太微不足道了。可是我确实真切地听到了，从某一个方向，传来的“刺刺”的声音。我顺着那个方向看去。那是位于我左上方的一扇推拉窗户，在两扇玻璃中间，有一个黑色的小点。它左突右撞，想要突围出去，可是却一次次撞到玻璃上，然后滑落下来。它绝望地蠕动着。

这次我看清楚了。那是一只濒死的苍蝇。

挽歌

在之中没有什么多余东西的房子是贫穷的……

——贺拉斯

1

我清楚地知道那是海浪声。传入耳中，以一种波动的曲线的形式。不知从什么时候起，或许是很小的时候，我就喜欢将那些原本没有形状的东西具象化。比如说一声咳嗽、一个念头，一种触感。它们从外部世界以各种各样的方式进入我，甚至影响着我。而我能做的，也仅仅是在脑海中赋予它们形状或色彩。就像这永远延续的海浪声（海浪会停止发出声响吗？世上是否存在某个时刻，所有的海浪都静默下来，不再发出声音，每一朵浪花都是如此。一片汪洋从未有过的死寂。但是我的父亲曾跟我说，没有声响、不流动的水，是“死水”，也就是死去的水，只有死去的东西才会如此死寂。他说得对）在我的脑子里是一连串波动的线段，它们朝我一波波扫过来，扫过身体和躯干。我仰面躺在这间房子的地板上，双手放在身体两侧，平放在地面上，闭着眼睛，任凭脑海中抽象的波浪一阵阵冲刷着我。

按理说，这里不应该听到海浪。海离这里有十公里远。但我不想再说海的事。

这样一间屋子——四周空荡荡，只有一张床，外加我坐着的椅子。除此以外，就只有墙上斑驳的霉菌和墙角处浓密的蜘蛛网。墙壁和天花板都刷着白色油漆，年头久了，不时有大片的油漆剥落，露出灰色水泥的本色。地板铺的是劣质木材，并不平整，走起来嘎吱嘎吱，就好像在抗议我的身体对它的压迫。我的重量。我的存在。

海浪声有时会静止，当我专注地思考某件事情的时候。此时此刻，在我面前的床上——房间里仅存的两件家具之一——躺着一个老人。我面对着他，并且现在试图描述他，但我经常会将他遗忘。而当我终于想起他来，就像从一处久远的回忆中忽然回过神来，他的显现便出乎意料地强烈。他躺着，双目紧闭，干瘪，头发稀疏，双手握在一起，放置在小腹上。手背上布满皱纹与棕色的老年斑，和脸上一样。他的呼吸是如此轻微，以至于根本觉察不到。每当他睡着,我都无法确定他是否已经死了。我会拿一面小镜子，凑近他的鼻子，看着镜面是否会凝聚水汽。有时，他会突然睁开眼，用一种孩童似的狡黠目光望着我，意思是：我还活着呢。仿佛他刚刚自导自演了一出精彩的恶作剧。

我来这里的时间并不长。刚来我就收到了一个绝对命令：寸步不离。指的当然是床上的老人。这意味着我要整日待在他的身边，至少不能让他离开我的视线。我签了一份合同，报酬不菲。一旦违约，我会被赶出去，什么也得不到。作为一名护工，此前我没有任何经验。一切从零开始。这对任何一个人都不容易。

屋子里总是弥漫着难闻的味道。那是从老人身上散发出来的。死鸟的羽毛，我脑子里浮现出的就是这个。或者是马匹晃来晃去的尾巴。总之这味道是动物性的，并且是濒死的动物。但隐约间,我又觉得它异常稳固,具有强大的力量。难道不是吗?屋子里充斥着这种老年人的味道，它统摄一切，覆盖了其他味道，没有哪种比它更强。即使我打开窗子，让外面的空气进来，片刻后这种味道仍会占据上风。新鲜空气在屋子里转了一圈后，即变得衰老不堪。这是空气不畅的味道，积攒在老人的身体内部。应该通通风，但我无法像开窗一样把老人的身体打开。他的身体就是一间紧闭的老宅子，从几十年前就开始缓缓坍塌了，就等着那最后一击。可能是一片羽毛，缓慢而轻盈地落在屋顶。最后的重量。一切都不可挽回了。

我站在窗边，望着外面的景色。没有海，当然，海在十公里以外。外面是一片荒芜的石子路，屋子建在一座小山丘上。更远处，能看到一些低矮的树林。偶尔会有鸟飞过。天空阴沉，风吹下来，小石子便呼啦呼啦地滚动，贴着地皮，堆积在房子下面。没什么可说的。这间屋子既可以在中国，也可能在德国，南极的可能性更大。但这小小的坐标对我和老人而言没有任何意义。

2

寸步不离——这便是我接到的命令。我想我具有成为一名优秀护工的品质。就像现在这样，我坐在一把漆成白色的木头椅子上，与那张简陋的床距离大约一米。我伸出手，就可以够到床上老人的肩膀。他可真够老的。我看不出他的年龄。人的年龄到了一定程度，便失去了意义，我们只能称呼他为一个“老人”。他总是这样睡着，像是昏迷了一样，但有时也会醒来，睁开眼，对我眨眨眼睛，好像弄不清自己身在何处。这是很正常的——我们经常搞不懂自己究竟在什么地方。如同我在这间屋子里，坐在这把椅子上，盯着这位老人。可我在哪里？我完全说不上来。四周的空间包裹着我，四面的墙壁。我偶尔会想，如果屋子突然倒塌，或者忽然间消失不见，那这个空间自然也就泯灭了。那时，我们只是置身于大地之上，我坐在大地之上的椅子上，而老人躺在大地之上的床上，我们彼此凝视，打量着奇异而陌生的世界。

我为什么会想这些事情？我讨厌那些灰色、粘连的念头。说到底，我对老人根本还不熟悉。但出乎意料的是，老人从我进门的第一天起，就表现出了对我的亲密。那天，我是由一个身材健壮的女人领进门的。后来我知道，她负责老人的饮食。她说明了我要做的工作，并且似乎是无意识地提及了要签的合同。如果我没有达到合同上的要求，她盯着我的眼睛说，那么合同就会取消。她的那种语气——仿佛取消合同就是取消了我存在的意义似的。而我点了点头，像个老手，告诉她对于这类挑战我早已成竹在胸。

渐渐地，我开始熟知老人的日常起居。早上六点，他会醒来，摇响床头的一串小铃铛。最初一段时间，我总是睡得很熟，尽管是坐着入睡的。老人必须摇很久，我才会从梦中惊醒。我看到老人不满的神情。他示意我扶他起来，因为要上厕所。每天早上这个时候他都要撒一泡尿。于是我慢慢地将他扶起身，先坐在床上，然后我背过身，蹲下，让他的双臂搂住我的肩膀，我则用手紧紧地托住他的双腿和臀部。就这样我背着他来到与卧室只有一墙之隔的厕所。

到了厕所，我放下老人，让他暂时靠着墙支撑身体。我与他变换位置，让他站在我面前，背对着我，正对着马桶。我一只胳膊搂住他的腰，腾出一只手，解开裤带。起初，这件事我总是做不好。老人的裤带绑得很紧，怎么也解不开。我越着急，解得就越慢，到最后，他的裤子突然湿润，尿液滴滴答答顺着裤腿流下。我筋疲力尽，充满绝望。老人却发出孩童似的笑声。他是在嘲笑我吗？嘲笑我的笨手笨脚？

现在，这件工作我已然游刃有余。只用几秒钟，我便解开了老人的裤子，准确地握住他柔软的阴茎，对准马桶。过了一会儿，便听到淅淅沥沥的声音传来。老人舒服地叹了口气，直到尿液全部排干净。我重新为他穿好裤子，背回床上。

除了上厕所，他的大部分时间都待在床上。中午，那个身材健壮的女人会送来我们的食物。食物是放在一起的，并没有分开成两人份，甚至连勺子都只有一把。“这是为了让你们更亲密。”她这样解释。亲密是为了使我更好地照顾老人的需求。我只能先喂老人吃饭。他咀嚼得很仔细，甚至过于仔细了。他的牙齿还算健全，这点很难得。他的食量不大，吃饱后，会抬起手轻轻地推开饭盒，或者说，将饭盒推到我这里。他总是会把肉留给我。或许他的消化系统适应不了这些肉类。

一天之中大多数的时刻，我们都沉默着，即使是在他醒着的时候。夕阳的光照进屋子，那是一种血红色。老人扭过脑袋，望着窗外的景色。他在想什么？我总是很好奇。但我当然明白，没有人能够探知到另一个人的想法，没有人能够读出另一个人的心，即使每天朝夕相处，我也永远不会了解老人到底在想什么。同样，别人也无法了解我。这个念头使人莫名恐惧。我拥有幻想一切的自由，因为我的心无人知晓。每个人都要学会隐藏自己的真实想法，因为这很便利，很有效。

夕阳沉没后，天空便陷入黑暗。一天又结束了。我不记得自己已经这样度过了多少天。

3

是的，除了照顾老人外，对我而言更加迫切的是，如何应付剩余的无所事事的时间。这并不比照顾老人更轻松。我拥有的是无边无际的时间。我拥有的是时间的重负。我坐在椅子上，屁股牢牢地镶嵌在椅面上。大多数时间我都这么坐着，相信过不了多久，有一天当我起身，会发现椅面上出现了一个屁股的凹印。当然，这是夸张的说法。现实的处境是，我双腿时而靠在一起，时而分开，时而跷着二郎腿。实在不耐烦时，我会站起身，在屋子里走来走去，或者躺在地上，舒展四肢，做一些简单的锻炼，否则我害怕我的身体会逐渐萎缩。做这些事时，我必须小心翼翼，不能打搅老人的休息。好在他醒来的时刻并不多。

时间是一种虚无，我就这样置身于时间的涡流中。我坐回椅子上，盯着床上那具平躺的身躯。空气中弥漫着枯萎与粉尘的味道。如果时间真的留下了什么，那它带给那具身躯的一定比带给我的多。它使那具身躯渐渐褶皱、变形、萎缩并坍塌。轻轻地抬起那身躯的一只胳膊——动作非常轻盈，不会影响到他的睡梦——我几乎感觉不到重量。他仿佛是空心的，血管被覆盖在薄薄的布满皱纹的皮肤之下，而我每三天就要清理一遍这肌肤。这也是合同里规定好的。

三天一次，老人要洗澡。我将他背到厕所（同时也是浴室），放下马桶盖，让他坐上去。接着，打开水龙头，用一只硕大的洗脸盆接满热水。我脱掉他的衣服，全部的衣服。老人赤裸裸地坐着，像是任何一种虚弱的动物，唯独不像人。他一言不发，只是盯着自己的肚脐眼，那神态倒是有几分庄重。我浸透毛巾，从后背开始，擦拭他的身体。他的身上到处都是赘肉。苍白，死气沉沉。我用毛巾仔细地清洗那堆肉。后面结束了，换前面。他依然一动不动，任由我摆布。头发、脸庞、脖子、肩膀、前胸、腋窝、肚子、阴茎、大腿……我按照顺序，不遗漏任何角落。

擦拭完毕，我在毛巾上打满肥皂，再次清洗一遍。用热水冲刷掉老人身上的肥皂沫，最后用干毛巾擦干全身。这需要十分的专注，如果没有完全擦干净老人身上的水，他很有可能感冒、发烧，甚至引起更严重的病症。时间也要掌握好，要在热气还未完全消散之前擦干，为他穿好衣服。

至此，我已经是一名优秀的护工了。洗完澡，我背着老人走出来，让他重新躺回床上。他变得很干净，但我知道他的皮肤不久之后又会不停地掉落鳞屑，身上又会出现难闻的气味，等待下一次清洗工作。

那个健壮的女人依然每天都会来，端着做好的饭菜。这可以说是我一天之中最愉悦的时刻了。她拖着一个小木板，上面放着碗和勺子。她走进来，径直走到床头前，将小木板放在老人的被子上。我负责叫醒他，扶他起来吃饭。

“今天情况如何？”她有时会问。

“还是一样。”除此以外，我还能回答什么呢？

吃完饭，要清理老人的口腔。女人走后，我轻轻掰开他的嘴巴，用牙刷一点点清洗牙齿上的残渣。老人的牙齿残缺不全，好像已经风化了，模样活像是从地底挖出来的化石。他嘴里臭气熏天，我不明白为什么会这么臭。

我感觉要做的事情似乎越来越多了。比如给老人剪指甲、挠后背、用痰盂接住他咳出的痰，有时还要扶着他下地走一走。最让我担忧的是他的便秘症。他会坐在马桶上很长时间，憋得难受却拉不出来。每当这时，我就必须按摩他的小腹，鼓励他，让他放松。终于，我听到了什么东西落入马桶的声音，而他已经满头大汗。我们的手紧紧地握在一起，就像在庆贺一场胜利。

我不再感觉时间难挨，而是觉得不够用。总是有很多零碎的小事找上我，一天很快就过去了。我似乎开始适应了自己的角色，从最初的慌慌张张变得驾轻就熟。我知道自己已成为了一个不可或缺的人。在这间屋子里,这把椅子已经真正地属于我。

4

在最初的谨小慎微、担惊受怕过后，我感到了厌倦。我相信这厌倦并非是我独有的，正如此时此刻，在成百上千间类似的房屋内，一定也会有一个年轻护工坐在椅子上，凝视着床上的老人。他们或许有过快乐欢欣的时刻，或许有某种深厚的感情将彼此维系在一起；他们有共同的美好回忆，没有人愿意伤害到彼此，哪怕一丝一毫。但是，在这样一个时刻，厌倦还是不可避免地滋生出来。这是一个悲哀的时刻，因为无论厌倦者还是被厌倦者，都会感受到虚无，切身地体会到什么叫作“无能为力”。

最初，这里的时间是陌生的，尽管取之不尽，但我还是要学习接纳它们，或者是让它们接纳我；之后，我必须要运用它们，于是时间一下子变短了，因为我只是一个时间的学徒，它们巨大的体积似乎只是一种迷人的幻象；而现在，时间重新涣散起来，因为我适应了它们，将自己彻底编织进了这里的时间之中，不再是一个从外部而来的嫁接器官。我的任务是分配它们，没错，它们任由我分配，就像我要去使用一双新长出来的手臂。我凝视这对崭新的手臂，它光洁、有序，可是我真的能够信任它们吗？——当我凝视某物太久，它就失去了我的信任。

如果不主动做点什么，我本身也会涣散掉。我将融入这间屋子，成为墙壁的一部分。一面人形墙壁。但我并不愿意这样。在这里，能够供我做点什么的事物如此之少，不过，因此也提供了丰富的可能性，迫使我穷尽眼前所有的可能性，而在此之前，所有这些可能性引而不发，像盖在一个厚厚的壳下面。它们互相抵消，展现着彼此的不可能。那么多的可能性，它们一边勒住我的脖子，一边紧紧拽着我的脚踝，还有无数只无形的手托举着我的腰身和脖颈。我就这样被展示在众多可能性之中却动弹不得。就像我曾在某个博物馆看到的一匹被细致切割的马，它看起来非常完整，但仔细观察就会发现，它的每一部分都被剥离了，只是悬置在那里，拼接出一匹马的模样。

我说得有点多了。我并不是一个善于思考的人。可能是屋子里急于让我分配的时间使我情不自禁地想到了许多。而思考过多恰恰证明什么事也做不了。我能做的，只是站起来，重新观察这把椅子。白色的椅子，椅面是圆形的，四只细长的椅腿则是长方形。木制。闻起来没有味道，也可能是我感冒了。当四只腿同时着地，椅子非常稳固。而我微微往后仰起，让前面的两只椅腿从地面抬起。这时，椅子不再稳固，我必须尽力保持平衡，如果不想仰面跌倒的话。椅腿和我的双腿都在悬空中，到达一个程度。在这个程度中，我再次体验到了自身，因为是我保证着平衡，一旦稍稍偏移身体的方向或者力量，平衡就会被打破。美妙的时刻。我与墙壁有了区别。

无论如何这也算是种娱乐。夜晚，老人入睡了，我自娱自乐做着这项活动。很快，我就学会了如何用一只椅腿着地又不摔倒。我像是一名杂技演员那样，摇摇晃晃稳住身形。当然也有失误的时候。有一次我的身体失去控制（由于呼吸太过急促），连同椅子重重倒地。我急忙站起身，扶起椅子（完好无损），紧张地望向老人。他没有醒来，依然睡得很熟。那瞬间，我竟对他产生了一丝憎恨——他完全不会在乎我的情感和安危，更不会在乎我的所思所想。他只是需要我的照顾，在他感到疼痛或瘙痒的时候，在他想吃东西、拉屎、撒尿、吐痰的时候。我只是工具，我的思想对他毫无意义。正如对四面的墙壁没有意义，对天花板也没有意义。那我对手中的这把椅子有意义吗？没错，我可以随时毁掉它，也可以选择保持原状。选择权在我手中，可我体会到的只是匮乏。正是在寻求意义的过程中，我被取消了一切意义。最高明的做法是什么都不去寻求，因为没有寻求，意义就保持着未来的可能性。我一次又一次地做错了。

我疲惫不堪，老老实实地坐在椅子上，不再让它抬起又落下。过了一会儿，我来到老人床旁，俯身看着他。他睡得很安静。没有磨牙，也没有梦话。他的脸部没有任何明显特征。太普通了，此刻我若转过头，马上就会忘了他的样子。我正是被这样一具毫无特点的躯体所消耗，想到这里，时间暂时隐退了，它们留出了幽怨的空隙。

5

我不想描述夜晚，因为夜晚使人感性。作为一名护工，我面对的是再确切不过的事物，最确定不移的问题。感性对这份工作并无益处。然而，我已经厌倦了，并且觉察到厌倦正在摧毁一切。令我更加恐惧的是，我竟然乐见其成。我不再小心翼翼地面对床上的老人，甚至，开始了报复式的行为——我的动作变得越来越粗暴，有一次，背他上厕所时，他的腿重重地撞在了门框上，很快就肿了起来。我无法确定这是不是我有意为之，但我确实感到了一种恶毒的快感。按摩时，我会故意很用力，直到他疼得呻吟起来。我自己也无法解释这种行为。或许，我是把对那份合同——那份契约——的憎恨转移到了老人身上。契约的具体内容我已经记不清了，但我深知，自己无力承受违背契约而降临的惩罚。我必须永远履行下去，直到它自行终止——老人死亡。

当初，我为什么会签这份合同？鬼迷心窍吗？还是说受到了巨大的诱惑？完全不记得了。我只记得以前我四处游荡，居无定所，内心混混沌沌。或许那正是我毫不犹豫就签下合同的原因。我企图让契约管住我，不使自身涣散，同时又能得到报酬。不过，我隐约觉得还有另一个原因，也是更为本质的原因，就是这份契约是我必须要签的，它一直在等待着我。并不是我受到了诱惑，而是我履行了必须签这份契约的约定，因此这份契约之上，或许还有另一层契约的存在，而在那另一层契约之上，还存在着更为深远的契约形式，直至无穷……我不能再想下去了，否则住进精神病院是迟早的事。怪不得我曾听人说过："护工是这个世界上最容易发疯的职业"。当时我还觉得这是笑话呢。

我不想描述夜晚，所以我描述白天。白天，我最期待的事就是见到那个健壮的女人。她每天中午来两次：一次送饭，一次取餐具。

"今天情况如何？"她问。

"很好。"我说。事实上，昨晚我把他折磨得不轻。我故意上了好几次厕所——按照合同上的规定，我必须与老人寸步不离，这就意味着在我上厕所时也要带老人一起去。于是我无数次叫醒他，强迫他跟我一起上厕所。他睡眼蒙眬，显得更加虚弱。而我只是去厕所转了一圈，就回来了。我就是不想让他踏实睡觉，并且要他明白我的意思。我不停地将他叫醒、抬起又放回。可以看出，他在默默忍受。当我最后一次将老人放回床上（我也有些累了）时，我注意到了他的眼神。那是此前从未见到过的悲伤的目光。说实话，这目光吓了我一跳。我到底在干吗？我知道有什么东西正在迷失，可恻隐之心只能持续短暂的时间。

当我为他握住阴茎，当我按摩他的小腹，当我看到他皮肤上的鳞屑，当我闻到他身上沉闷的味道，当我想到自己不得不伺候这具躯体，任何怜悯心都消失了。我要惩罚他，正如我要惩罚我自己。

我看着她端着盘子的手（年轻，充满活力，好像刚刚在冷水中浸泡过而微微泛红），那双手利落地将吃完的碗和勺子放在木板上，准备端走。就在这时，我把自己的手覆盖在她光洁的手背上。我感受到一丝冰凉。

“那个人不该这么做。”她说，仍端着木板。

“我知道。”我说。

“可那个人并不明白。”她喃喃说。

“我知道我并不明白。”我说。

我的手开始顺着她的腰际抚摸，接着攀缘向上。她的身材正如我想象中的一样饱满，她的乳房又大又圆，垂挂在胸前。她打掉了我的手。

“我只是不想让那个人进行得太顺利。”她说，“否则游戏就不好玩了。”

“我知道。”我说。

“那个人还需要再进行试探，以确定我的意思。如果我有意，我会提供给他暗示。那个人也知道，我每天只是中午来两次，一次送饭，一次取餐具。可如果事情进行得顺利的话，我甚至晚上还会再来一次。”她说。

“你为什么总是称呼我为‘那个人’？”我问。

她恍惚了一会儿。

“可那个人究竟是什么意思呢？我也不知道。那个人摸了我的手，但可能并没有什么意思，仅仅是一次玩耍而已。我不能轻易让自己陷进去。哎，我总是容易想入非非。”她叹息着，似乎没有发觉我的存在。她就这样自言自语着，端着木板离开了。

6

所有人都在重复同一件事情，所有人都在表达同一种爱欲。她来了。她走了。有时我无法分清开端和结果，因为我只能被固定于“此时此刻”，像是一株植物固定于大地之上。然而还是会有恍惚的时刻：当我抬起头，看到她的背脊，一时无法分清她是刚刚走进来，还是正准备离去。这样的时刻是难得的时刻，因为过去与未来合二为一了。两张胶卷底片合在一起，人影重叠。

我不想再思考这么多。如果要追求一件事情的意义，那首要的任务就是忘掉追求这回事，否则它会使我动弹不得。思虑的胶状液体层层包裹，琥珀中的昆虫只能在最低限度内摇晃它们瘦弱的躯干。恼人的昆虫，它唯一自救的方法就是忘记自己本身。

是的，我还记得她第一次夜晚前来的场景。门悄悄地开了，她的手中没有餐盘，没有木板，没有与碗沿相碰、叮当作响的不锈钢勺子。她两手空空，却让我感到害怕——并非恐惧，于我而言，害怕是一种本能的反应，而恐惧则意味着更多深远的层面。她两手空空，目光茫然，显然也由于剥离了送餐女工的身份而有些手足无措。

老人就躺在床上，可能入睡了，也可能醒着。我知道，每个人都不止一双眼睛，我们所做的一切都无法逃离他的视线。可又有什么关系呢？我们想要的不就是这样吗？如果没有这视线，反抗也丧失了意义。

她走过来，到我身边，站住。我腾出半个椅面。她领悟似的坐下，紧紧地挨着我。我们都是用半个屁股坐在这同一把椅子上。

她第二次来依然是在夜里（也有可能是同一天,人影重叠了，我必须努力分辨哪张属于同一幅画面）。我们用半个屁股支撑住身体，坐在椅子上接吻。她的嘴唇又厚又滑，接吻时会发出很响的声音。

在我们停下来，对着彼此喘息的片刻，我问她："在你的房间里，也有一把椅子吗？"

她没有看我，而是看着天花板的一角。"那个人的房间里有种很难闻的味道，"她对着那个墙角说，"可以看出来，他很悲哀，对自己没有信心。正是这副样子打动了我，当然也可能是他装出来的。他期望得到我的拯救，而我要做的就是担任拯救者的角色，当然也是装出来的。否则呢？难道我们还能指望更多吗？"

我们爱抚彼此，很快就成了两具一丝不挂的身体。椅子仰面倒下了，我们也跟着倒下，但没有关系，我们躺在地上拥抱着。我的大脑一片空白。太美妙了，我享受着这空白的时刻，没有任何思虑地侵入。

经过这些夜晚，当她再来送饭时，我们彼此相视而笑。这一切都是在老人眼皮底下进行的，我体会到一种十足的快感。

有一次，我们甚至躺在了床上——我在老人左边，她躺在右边。我们越过中间的老人，伸出胳膊，缠绕彼此的手指。我不知道为什么要这样做，故意让老人难堪吗？似乎并不仅仅如此。我们处在同一种境遇中，都在以自己的方式嘲讽这境遇。

"你爱我吗？"我问。

"我爱那个人吗？"她背对着我，脊背上布满雀斑似的斑点，"我想，我们爱的只是各自的处境。不对，我们爱的是各自处境中挣扎的自己。没有那样一种处境，爱也就不成立了。我很想提醒那个人，他屋子里充满了霉味，墙皮有坏死的征兆。可我却什么也没说。爱的本质就是投入对于对方的关注。我要抑制自己投入的倾向。我是自私的，或者说，我是自爱的。”

我们昏昏睡去。第二天早上醒来时，她已经离开了。

屋子里的霉味越来越重了。我背着老人到厕所洗澡。这一次，我洗得很认真，超出了平日里的时间。我像是失了神，盯着挂在厕所瓷砖上的水珠，直到感到自己的手臂被人攥住了。我低下头，看见老人赤裸着身体，冻得浑身颤抖。他攥着我的手肘，眼神里尽是乞求。啊，他一定以为这也是我报复他的一种方式。那一刻，我难过极了，我紧紧地抱住他，抱住他苍老、冰凉的身躯。等到体温渐渐恢复，我为他擦干身上和头发上的水滴，为他穿好衣服，背着他返回屋子，轻轻地放在床上，为他盖好被子。

老人蜷缩在被子里，睡着了。我坐在他旁边，像泄了气一般。我不知道自己为何如此沮丧。

7

不知道时间过去了多久。窗外的阳光亮起又熄灭。屋子里，我感到有什么正在簌簌作响。老人依旧躺在床上，姿势单调，颜色晦暗，不像是有生命的东西。我低下头，看着我的双手和手指关节，不知从何时起，它们变得突出、粗糙，使我联想起树皮和瘤子。头发和胡须也已经很长了，我懒得刮掉，任由其自在生长。我一动也不想动，沉浸在夜晚房间里的暗影中。

面对这些幽暗中的事物，我突然产生了恐惧。它们的本来意义像潮水般从我的认知中褪去。剩下的是什么？赤裸的空无。它们向我呈现的是什么？无从解释,更不能理解。所有这些事物，在我眼中渐渐变成异常神秘、无法解答的存在，就连我原本无比熟识的东西，也变得不可捉摸。为什么会这样？当我看着房间的四壁，它们成为了垂直、平整、灰色的体积与面积，而天花板则是一块悬置在我头顶的巨大的盖子。这一切到底是什么？我走过去，一寸一寸地抚摸着光滑的墙壁。墙面散发着寒气，有些地方起皱、皲裂了，翘起了脆弱的墙皮。我不放过墙上的任何一处角落,用眼看,用手摸。我只是想用这种最原始的方法，探知它们究竟是什么东西。

毫无疑问，我失败了。这似乎是必然的。所有事物都在向我呈现着自身的不可解。中途，我停了下来，借助微弱的光线，看到自己的双手。此时，它们沾满了墙灰。我看到从一团肉中延伸出五根长短不一的肉棍。它们就是我的手指吗？上面生长着皱纹、毛发、关节，尖端还有薄而透明的壳。没错，这是我的手指，可我想知道的是，这到底是什么？

越来越多的神秘，越来越多的不可解释，每个细节中都充满了奥秘。念头攫住了我。我简直快要被逼疯了。

我想坐回椅子，却再也不敢坐下。因为我无法解释眼前的这把椅子。与众多的事物一样，它再也不仅仅是一把椅子，而是一团陌生。我甚至碰也不敢碰一下。

接下来，新的症状出现了：我感到了窒息。我意识到，自身也是不可解的。“我”究竟是什么？我的头、身子、双臂、双腿……都构成了“我”，可是，“我”就意味着这些肢体的堆砌吗？又或者是无数念头的堆砌？无论是否如此，对我而言最亲密的东西——我的身体、我的念头，似乎也超出了我的想象能力之外。我总是习惯性地说“我意识到”“我想到”，可这“意识”本身不正是复杂难解的吗？又如何能用一个谜团去认知其他的谜团呢？

我跌倒了。双腿已无法再支撑我的身体。我躺在地上，紧紧地闭着眼，不敢再继续观看。真的害怕极了。我生活在一个自己一无所知的世界里却浑然不觉。长期以来，我都认为一切是理所当然的，从未有过质疑。现在，质疑来得如此强烈。并非是我召唤了它，而是质疑将我召唤到它的面前。只有在这一刻，我才体会到厌倦是多么可贵，因为即使是厌倦，也是基于对事物的某种认知，可是目前，我丧失了对事物的认知。我无法解答任何东西，甚至没办法吐出任何一个简单的词汇，每一个字都显得那么复杂可怕如无穷迷宫。我仿佛又回到了出生的那天，口腔里含混着模糊不清的怪响。

从此，我绝望地想，在这间房子里，或者这个世界上（二者有何不同吗？）再也没有不言自明的东西了。我只能从头开始学习与周遭的事物相处。

从哪里开始呢？首先，我要学会睁开眼睛。我强迫自己忍住恐惧。眼皮剧烈地抖动。终于，我的眼睛微微开启了一条缝隙。接下来呢？我要学会活动身体的一些部位。那就先从手指开始吧。这可真难啊。我面对的是一个全然陌生的东西，尽管它连接着我身体的某部分。我尝试了很久，终于下定决心。我的食指动了动，接着是大拇指。就这样，我好像恢复了一些知觉。最显著的进步是，我可以爬行了，但是还没学会走路。不急，不急，慢慢来，我必须小心翼翼，切不可大意，更不能骄傲自满。我还没有学会说话。我缓慢地爬行着，撞到了一件东西。我目不转睛地看着那件东西，说出了第一个词："椅子。"对我来说，它是一个陌生而崭新的概念，需要我用自己的感知去填充。

椅子是什么？我相信如果可以清楚地解答这个问题，那么，我就能解答这个世界上所有的疑问。

8

我一动不动，坐在初生的光晕之中。我相信每个人的人生中，都会有这么几次，自己把自己生下来。我们将重新打量所在的这个世界，因为除此之外我们无处可去。而这个世界最大的魅力之一，就是每个人——比如我，一个微不足道的护工——也不得不去思考世界与我自身的关系。是的，有什么在强迫着我们思考。不急。我们慢慢来。

而现在，最迫切的问题是，为什么我要坐在椅子上一动不动。我当然可以动，我已经学会了如何运动四肢，以及其他的可以活动的部位。但我仍旧处于某种恍惚的状态中。墙皮脱落的墙面上，一只蜘蛛慢慢地爬行着。(现在太阳已经升起来了，阳光从窗口照射进来，只要一束就够了，立刻照亮了整间房屋。从我的位置，可以清楚地看见窗外摇曳的树枝，由于天气原因，树枝上没有叶子，光秃秃的，被风打磨得油亮，就像某种细小的硬皮革制品。有时会有鸟落上去，机敏地转动它们的小脑袋，过了片刻，鸟飞走了，这时我可以看到树枝轻微地晃动，富有弹性和韧劲。

这样的动作迷住了我，因为我几乎可以感受到一种不同寻常的体验，仿佛自己就是那树枝，是我在鸟离开的一刹那，开始了那在清晨微风中的摇摆。我如何确认，自己就是那根树枝呢？有什么证据表明，我不是那根树枝呢？或许，我是那只离开的鸟。放心吧，我没有发疯。我只是有一个小小的疑问：我是如何知道自己不是那只飞走的鸟呢？）由于窗户边框的遮挡，即使是在白天，墙面的很大一部分仍处于昏暗中。蜘蛛慢慢从昏暗中显现，又重新回到昏暗。我等待着它再次出现。与此同时，我想象着自己爬行在墙面上，贴着皲裂的墙皮，用细小的足上上下下抓挠着墙壁粗糙的表面。

这天，我突然发现，自己可以是任何东西，或者说任何东西都可以成为我身体的一部分。比如这只蜘蛛，它就是我身体的一部分，在爬动，只是不受我的控制。还有窗外的树枝，是我身体的某个部分在随风摆动。当然，这与笛卡尔式的怀疑并不一样（作为一名护工，我是否应该读过笛卡尔的著作？这在日常生活中真实可信吗？），并非他所说的，除了思索，一切皆可能是幻象，而是相反，一切对我来说都太真实了，真实到它们完全可以取代我，成为我的一部分，或者我成为它们的一部分。我就这样沉浸在我对世界的沉浸中。

还有床上的老人。在沉浸中，是我躺在床上，衰老不堪；是我无力地抬起手臂，想要喝水；是我的口中嘟囔着听不懂的抱怨，在不可救药的衰老中回味清水的甘甜。我的小腹肿胀，肌肉萎缩，头晕眼花。我看着他艰难地翻过身，想要支撑住身子坐起来。我走过去，把他扶起来，让他的后脑勺轻轻地靠在床头的枕头上。我几乎是怀着柔情在做这些。他舒服地伸展了一下身体，满含感激地望了我一眼。我的内心激荡起了一种洁净的情感。我背着他，来到厕所，满含柔情地按摩他的腹部，充满耐心。因此，他的排便比以往更加通畅。我用纸为他擦了屁眼，将他背回房间的床上。真是神奇，我对老人的怨恨消失得无影无踪了，好像有一种纽带将我们联系在一起。

初生的震荡渐渐平息下来了。我好像拥有了不一样的目光，来看待周遭的事物。然而我依然心怀恐惧，害怕这其实只是幻觉，只是短暂的安慰——像是婴孩终会衰老，药物也有它的半衰期。崭新的目光将在生活中慢慢被折叠、褶皱，被玷污，直到重又变得陈旧。

那个送餐女工仍然每天按时前来。她目不斜视，从不多看我一眼，也不主动搭话，好像完全遗忘了之前的事。只是菜量比以前更少，而且还要分成两份，我不得不经常饿肚子。但我从来没有抱怨过。饥饿感使我头脑清醒，无暇顾虑太多。后来，我又看到过几次墙上的蜘蛛，不过我不再将它当成自己的一部分了，完整感重新回到了我的身上。只要我看着床上的老人，就会感到一种莫名的安慰。我认识到，当我触碰到他时，他也同样触碰着我；当我背着他时，他也同样趴在我的身上。我们就是这般彼此依存的关系。他那看似瘦弱、苍老的身躯，正是我抛下的锚钩住的东西，使我不至于偏离自己太远。

难以置信，这么简单的道理，我居然现在才明白。

9

好了，愚蠢的自述应该停止了。我应该多讲讲眼前的事情，那些实实在在的事物。我的耳边出现了一种声音，准确地说，并不是出现，它一直都在这里，只是我由于太习惯而忽略了。它一直徘徊在这间屋子里，试图再次引起我的注意，试图经由耳朵眼钻入我的大脑,触碰那根最敏感的神经。但它很快就会发现，这是怎样一颗大脑啊，就像患了结核病，每根神经都在痛苦不堪地咳嗽。

时间不早了。我不想再这样兜圈子，我必须直接说出声音的来源。一旦说出，它就是无比明晰的。我围绕它做出的任何叙述都是无关紧要而且浪费的。它是怎样一种声音呢？它缠绕在我的脑海中，充满起伏，还带着涌动的触感，好像可以漫延到我的手指尖。它轻轻拍打着我，仿佛是心灵的节奏。但我知道，它是实实在在的，不是幻觉或类似的东西。

我要说的是，外面的风很大。风声几乎盖过了那个声音。风刮得树枝不停击打着窗玻璃，好像它们要急急忙忙地躲进来。风还刮散了天空的流云，空中一下子干干净净，而我还打算像往常那样盯着云朵一看就是一整天呢。现在，我只能去看空荡荡的天空了。想必我的脸上会映照着颤抖的树影。我站在窗前，看着通往山丘下面的土路。风吹得小石子四处乱滚，有的甚至飞在半空中，好像有人使劲投掷。

可是无论如何，那个声音还是穿透了层层阻碍，准确无误地抵达我的耳朵。我知道，老人一定也听到了，尽管我以为他老眼昏花，听力早就不顶事了。但是，我看到他微微侧过脑袋，抿着干裂的嘴唇，一副全神贯注的神态。他的手紧紧扣住床的边沿，为的是抑制住身体不时出现的痉挛。他不希望牙齿间的碰撞阻隔那声音，毕竟他找到它还是费了一番力气。他眼皮翕动，好像身体的痉挛恰恰来自那声音的作用。

现在，我必须要确定无疑地、充满勇气与希望地说出那声音。我将不带任何修饰，直截了当地说出那声音。我将停顿片刻，为的是让词语在我舌尖上多待一小会儿，以免引起不必要的误解。我将说出那个声音：它是海浪声。

在这间屋子里，它一直都在，每时每刻，每分每秒。正因如此，后来我们才听不到了。永远存在的声音相当于不存在，就像我们永远敞开的耳朵近乎于聋。海浪声一直都在我们身边，等待我们重新将它挖掘出来。我和他面面相觑，不知该拿它怎么办。

有时，第一次听到某个声音，你完全可以置之不理；而再一次听见（可能过了很久，甚至意想不到地久。你走在路上，突然间，捕捉到了这个久远的声音，它使你想到了很多早已遗忘的东西。站住聆听，或继续往前走，你将回想起第一次听到它的场景，以及那时在身边，而如今消失不见的人；你还会想起那时的自己。你茫然地打量两旁的景物，好像不知道自己为何会置身于此）你便知道，性质完全不同了。

我们决定去看海。

这个决定，我和老人心照不宣。只需一个眼神，我们就能明白对方的意思。自从我来到这里，时间已不知过去了多久。我们早已培养起了默契。中午还没到，我们决定在送餐女工到来前离开。他浑浊的目光望着我，里面有什么在闪烁，那意思是：他要自己走。

我扶着老人站起身。起初，我必须紧紧地攥着他的手，托举着他的手臂和肩膀，用以支撑住摇摇欲坠的身体。萎缩的双腿艰难地直立着，接着，他的左腿朝前挪动了几厘米，另一条腿跟上，然后，再挪几厘米，继续跟上……我们就这样走到了房屋门口。到门口时，已经基本可以放任他自己往前挪了，我只需在一旁留意，当他体力不支快要跌倒时扶住他就行了。令我奇怪的是，没有人出来阻止我们。确切地说，我们没见到任何人。走廊上有专门供行动不便者行走使用的横杆，这可帮了大忙。他抓住横杆，速度明显加快了不少。当走到横杆尽头时，我们也就站在大门外了。

外面依然刮着剧烈的风、刮得我们喘不过气来。我先走出去，在布满石头的地面上寻找一根坚固的树枝。我找到了，它就躺在那里。我握在手中，试了试。看起来，它似乎不会轻易折断。我反身来到老人身边，把树枝递给他。

就这样，我在前面，老人稍稍在我之后。我们两个慢吞吞地走在飞沙走石的土路上。

10

房子就在我们身后，但我们都没有回头看一眼。我忽然想到，至今自己还不知道住了这么些日子的房屋从外面看到底是什么样子。刚来的那天，我根本没有心情去观察这间建在山丘上的孤零零的房子。它给我的印象就是很破旧，除此之外，没什么可说的。我走进去，签了那份合同，或者说契约（现在我不想提这个），便一头扎入工作之中。我只能从内部观看这间房屋，但我知道，这跟在外面观察是完全不一样的。

此时，我终于有机会转过身，好好看看，可不知道怎么回事，我完全没有观看的欲望，就好像看过之后，会有什么东西发生改变。我继续往前走，走出大约五米，发现老人正趴在地上。他直挺挺地趴在那里，眼前有一朵蓝色的野花，仿佛是为了近距离观看那朵花才趴在尘土中。不过我知道，他是跌倒了。我走过去，扶起他。有鸟在我们头顶飞来飞去。黑色的，也许是乌鸦，或者乌鸦的变种。

总之，我们继续往前走。他不想让我搀扶（真是奇怪，好像被搀扶着就不算走路似的），只用那根坚固的树枝，支撑着身子。他将树枝牢牢地插进土地里，然后开始扭动身子，同时迈动那虚弱无力的双腿。他就这样一点点地挪动。他再一次跌倒了，倒在了一堆铁丝似的杂草前。我再次扶起他。那时我们已经走出十米远了。

海的声音并没有更近一些，但也没有更远。它就在我们耳边，似乎抬起头就能看到，似乎用手遮住眼睛再拿开，海就会突然出现在我们眼前。而海浪声是明确的，它一定就在某个地方，否则我们也没必要继续走了。我们随时可以停住，待在原地，等其他人找到我们。正是这样的念头促使我们继续走。

他再一次跌倒，是撞在了一棵树上。前面就是小树林了，我们想找到海，就必须穿过，而他却撞在了第一棵树上。那棵树没什么可描述的，但既然是第一棵树，我想说的是——它简直算不上一棵树，树干已经被闪电劈成了两截，遍体焦黑，没有哪怕一片叶子。很明显，它死掉了，树心空洞。或许会有蚂蚁、蜘蛛之类的昆虫在里面筑巢吧。这次，他是仰面倒在地上，手里的树枝却从来没有扔掉。我再一次扶起他。

我们走入树林。他好像被迷住了。这么多的树！他眼花缭乱，想在每一棵树的面前停留。我提醒他，还是赶路要紧，毕竟时间已经不早了，路程还有很远；太阳落山后，外面会很冷，我们没有住的地方，也没带厚衣服；更重要的是，我们也没带任何食物。不利条件已经够多了，别无选择，只有走。老人的眼神似乎有些不情愿，他好像在质问我：怎么回事，明明是我们自己选择了走路，现在却成了不得不走？事物的变化为什么这么快？海浪声为什么从来不会停止？

我告诉他，我也在思考这些问题。例如海浪的问题。如果说每一道海浪都注定从产生到消隐，那么，它终归是要归于安静的。每一道海浪都是这个过程，前赴后继，当前面的一道消隐了，后面的声音就会补充上去，因此海浪声是连续不断的。可是，难道真的没有这样的时刻：所有的海浪恰巧同时消隐——哪怕只有最短暂的一刻——再没有后续的浪花去补充消逝后的寂静。所有的一切都安静了，整个大海没有半点声响。

他再次跌倒时，可能是撞到了第二棵树，要么就是第三棵，我扶起他。他又一次跌倒时，可能是撞到了第四棵树，我扶起他。他再跌倒时，可能是撞到了一丛灌木，我扶起他。他之后又跌倒时，可能是左腿绊到了右腿，我扶起他。他下一次跌倒时，可能是因为前一次跌倒的惯性，他还没回过神来，我扶起他……最后，他滚进了一处干涸的水沟里。水沟很窄，正好能够容纳他瘦弱的身躯，好像是为他量身打造的。我忽然意识到，我们再也走不到海边了。我们的旅途结束了。完蛋了。

我扶起他。可我们都知道，一切都完了。我们并排坐在水沟旁，等待寻找我们的人。如果没人来，我会主动去求救。我将迎着走过来的方向，看到那间丑陋的房子。我可以看到它的全貌。也有可能，我会发现它没有想象中那么破旧，相反，建造得很好，富有美感又不轻佻。我震惊地站在它面前。

一切都结束了。

11

我们又回到了这间屋子。不然又能怎么办呢？他躺在床上，喘息着，入睡了，或是累了个半死。我依然守在这里，站在床边，双手下垂，腰身佝偻。一个灰色的人。我失去了椅子，是的，这是对我私自带他外出的惩罚，他们拿走了我的椅子，从此我只能站着，或是坐在冰冷的地面上。现在我俯下身，看着老人的表情。他的表情就是没有表情。当然，在五官与皱纹的沟壑之间，或许掺杂着某种遗憾，抵达不了远处的遗憾，只能躺在床上的遗憾。说不清道不明。或许我只是看出了我自己的遗憾。

我在他的耳边，轻轻地说：

“海。该如何描述它呢？尤其是在我们还没见过它时。无穷无尽的水，汹涌着，泛起大堆泡沫。云层低垂，阳光平淡无奇地照在上面。海面的波涛无休无止，是谁启动了它们？那些泡沫就像是某种生灵在活动，仿佛是它们搅动着大海。恰恰相反。是海浪创造了这些生灵，它们随着海浪奔腾不止。”

说完这些，我很累了。失去了椅子，我只能坐在地上。生活又恢复如常。老人的双腿由于那一次远足，彻底废掉了，没法再走哪怕一步。无论到哪里，我都只能背着他，让他结实地压在我的身上。老人变得越来越沉重，有时我体力不支，身体摇摇晃晃,好几次差点跌倒。我的脑子好像也逐渐蒙上了一层雾,稍微思考点什么就会很疲倦。

晚上,我躺在冰冷的地板上。寒气上升,包裹住我。我怀念我的椅子,可我已经不太能记起它长什么样子了。过去的很多事恍如隔世。我总是会不自觉地陷入怀念中。好几个夜晚,我冻得无法入睡,就站起身,屈起双腿,假装自己还坐在那把椅子上,直到浑身酸痛。坐在不存在的椅子上时,我知道自己想起了许多。

对于很多事,我只剩下一种朦朦胧胧的感觉。那具体的事物已经被我遗忘了。我只能回忆起它们带给我的味道、触觉,或是情感。我站在这间空荡荡的房子里,感觉世界正在渐渐缩小。黑暗围拢过来,四面的墙壁不知不觉间也离我愈发地近。有时我猛地抬起头,墙壁便已触碰到我的鼻尖。

那天夜里,我实在寒冷难忍,便摸索到了床上,与老人躺在一起。他背对着我。不知为何,我对这具沉陷在黑暗中的死寂般的身躯充满了感情。我想要抱住他,摸摸他萎缩的手臂,摸摸他干枯的脸庞,还有骨瘦如柴的肩膀与肋骨。我们总是与这个世界不断地分离,到最后,唯有彼此相依为命;我们总是会考虑太多,企图把自己编织进某种进程,到最后,才发现能够抓住的唯有眼前的事物。

我轻柔地抚摸他稀疏的银白色头发和凸起的后脑勺。此时，他在我的眼里释放着难以阻挡的神圣之光。我想要他像父亲那样搂住我的脖子，爱抚我的脸庞。我想要和他亲密无间。夜晚太寒冷了。我想要跪在他面前，全身心地服侍他，必要的时候，也可以亲吻他的脚掌，如果他愿意我这么做。

我不再有奢求，我将全心全意把自己余下的生命奉献给护工这项工作。我会仔细地清洗他的身体，用棉签一点点掏出他的耳垢。我会每天为他的双腿做康复练习，那单调、重复的运动我也不会感到厌烦。我必须这样做。

有一天傍晚，当我怀着深情为他洗脚时，忽然意识到，我再也听不到海浪声了。那种声音不知何时消失无踪。海是不会消失的，这点我非常清楚，所以只可能是我听不到了。我的听力在退化。因此我感到了些许的恐慌。我将耳朵贴在他的胸前。一如既往的心跳声，生命的搏动。我感动得快要流下眼泪。

于是，我产生了新的恐惧：他早晚会死去。如果老人死去，我的生活会变成怎样？无法想象。每个夜晚我都担惊受怕，不敢入睡。我听着他的呼吸，一旦听不到了，我会立刻起身，将手指探到他的鼻孔下面。然后，我感受到了那鼻息轻微的吹拂。我放心了，重新躺下，再次开始担惊受怕。

12

一天早晨，我醒来时发觉自己少了一颗牙齿。我用舌头舔了舔，有个地方确实出现了空缺，就在上槽牙里面的部位。牙齿到哪里去了？是我在梦中吞掉了吗？原本我就是这么想的，直到无意中在枕头下面发现了那颗遗失的牙齿，我才意识到这是一个玩笑。老人坐在床头，笑嘻嘻地看着我，阳光照耀在他身上。我为他按摩肩膀，期间假装随意地问了他关于牙齿的事。他依旧对我笑着，还拍了几下我的手掌，好似对一切都了然于胸。

从那天起，我发现我的牙齿开始松动了。它们没有脱落，但已在脱落边缘。舌尖稍稍顶一顶，就会整个掀起来。维系牙齿与牙床的，只剩下一点点肉和神经。

我的手上开始出现老年斑。棕色的斑点。我的皮肤变得松弛，布满皱纹。有时，我起身需要老人的搀扶才行——哦，对，我也算是一个老人了。准确地说，是两个老人互相搀扶，去上厕所、洗澡，互相按摩和抓痒。

黄昏时，我们坐在橙红色的日光里，不知道该做什么。

“时间，”我说，“每时每刻都在流逝，仔细想想这是多么可怕的事啊！可是，‘时间’又究竟是什么呢？如果没有计算时间的公式，如果将时间的最小单位扩大为‘年’而不是‘秒’，我们看待时间的方式是否有所不同？实际上，时间某种程度上是人造之物，我们被框定在时间的范畴中，就像是填履历表一样一个栏目一个栏目地写上去，我们所经历的、所拥有和失去的。一只朝生暮死的昆虫的一生，与人类的一生，有什么本质的不同吗？在昆虫的世界中，或许也有不同的时间范畴。比如说，呃，一秒就相当于人类的一天，以此类推。当然，我只是猜测。如果人类失去了时间范畴，是会过得更好，还是更糟呢？失去了时间，所有的事物都变成静止的，我们将在顷刻间变老。这将不再是一个悠长的过程，而像某种病变一样，是突然发生的。我们逐渐感到四肢无力，头脑晕眩，记忆减退。但我们不知道原因。我们不会说‘我的年纪太大啦’，因为已没有了时间，只是走着走着，坐着坐着，就渐渐变虚弱了，哪一天就死去了。可是没人会说，‘他活了很久’，因为已没有了时间。我曾幻想过另一个世界，在那个世界里，所有人只活在‘此时此刻’中，没有过去也没有未来。”

我发现自己越来越语无伦次。

我们互相扶着去上厕所。他的粪便坚硬得像石头，一小颗一小颗。他的眼神告诉我：很快，他就一点屎也拉不出来了。饭量也越来越少，每天吃的东西近乎于无，好像靠着空气就可以过活。他紧紧地抓着我的袖子。

他躺在床上，气若游丝。我不得不过几分钟就用小镜子放在他的鼻子下面，以确定他还有呼吸。

窗外流云的阴影映照在他脸上。有一刻，他突然清醒了过来。是的，异常清醒。他双眼奕奕有神，像是要向我阐述他的一生。不过，他的双唇剧烈颤抖着，却一句话也说不出来。我注意到他胯间的器官挺立了起来。真是奇观啊。我用力握住他的手。房子里的光线变得黯淡。黄昏湮灭了，黑夜降临。显然，他急于说出什么，或许是为了揭露某个真相。可是他太久没说过话，舌头和口腔都退化了。我们究竟是什么关系呢？我忽然想到这个问题。我还记得刚刚来到这里的那天，我第一次看见他，房子里的味道令我无法忍受（而现在，我什么气味也闻不到了）。我懵懵懂懂，对未来一无所知。好了，回忆到此为止。我想为他唱一首我曾经最喜欢的歌。如果我忘了歌词，哼几下曲调也可以。但是我却连调子也哼哼不出来。那么，我准备告诉他那首歌的名字，可我马上意识到连名字也忘得一干二净了。也就是说，曾经最喜欢的那首歌，我已然完全忘记了，甚至无法确定它确实是一首歌，而不是别的什么。我有些难过地望着他。我站起身，关上了屋里的窗户。不是由于起风了，而是我急需做点什么，因为我发现自己现在什么也做不了。我希望这个夜晚早点过去，它早晚会过去，可是早一点和晚一点就大不一样了。有的时候，夜晚是如此漫长，漫长到我们会对最爱的事物失去耐心。

13

我躺在床上。在上一秒，以及之前的很长一段时间里，我确信自己是纹丝不动的。一种水流声萦绕在耳畔。时断时续。我坐起身子，伸出手，就抓到了一件什么东西。屋子在我几近失明的视线中总像飘浮着一层雾气。我左手抓着那件东西，右手摩挲了片刻，终于认出手中是一根树枝。我把它凑到眼前看，非常近，就快要贴在鼻头上了。我的眼睛还能感受到一点点光，在光照的范围内，我确信那是一根树枝。除此之外它不会是任何其他东西。我把它重新丢进迷雾中。

“该吃饭了。”我听到一个女人的声音在我耳边说道。我循着声音伸出手，摸到了她的脸。我让她离近些，因为我什么也看不到。她听话地凑近我。我看到了她的面容，尽管仍不是很确定。我开始忍不住地嘀嘀咕咕起来，至于嘀咕的是什么自己也不清楚。我总是会这样痉挛似的突然低语起来，就像有时会小便失禁一样。我知道没有人能听懂我的话，包括我自己。我能感到她正耐心地站在一旁，等待我闭嘴。

之后，她把餐盘送到我手上，准备转身离开。

“你不是那个人。”我急忙说。

“哪个人？”

我不知道要说什么，直到她消失在雾气中。我想要下床走走。我还能自己站起身。脚面贴在地板上，我才意识到自己正光着脚掌。我听到餐盘打落在地的声响，可我没办法同时顾及两件事。我要先找到袜子，然后是鞋。或许它们本来就在一起，袜子就塞在鞋子里。这样一来问题就简化了，我要先找到鞋子。我用脚四处探了探，只触到冰凉的地板，别的什么也没有。我只好俯下身，趴在地上，用手和眼睛摸索着。视力帮不上手的什么忙。床底下漆黑一片。巢穴般幽深。我把胳膊伸进去，四处乱摸。除了灰尘什么也没有。手上沾满了细细的粉末，我在衣服上蹭了蹭。灰尘除了是灰尘外，什么也不是。

看来，我注定找不到自己的鞋子了。我向前走了几步，床立刻隐没在雾气里。我有点慌张。世界早已变成了这样：当我想要放弃一样东西，它马上就会消失不见，不留余地。好像害怕我似的，一切都巴不得从我手边立马逃走。我只能继续往前走。水流的声响仍不时响起。哎，可是我已经不想再去追寻什么了。我原地坐下。

这时，我无意中摸到了鞋。这使我又有了精神。不是吗？

无论如何对我而言这是一种鼓舞。我提着鞋，重新站起身，慢慢地走。我的身体晃了晃，差点摔倒。没有人扶住我，是我自己稳住了平衡。水流声又一次响起，仿佛在催促我。它就在离我不远的地方。我想，很久很久以前，我也像今天这样走出屋门。雾气仍在走廊里涌动。还好，我记住了声音的位置，并且目前为止还没有岔路。我相信一直走就能找到那声音。

不过我很快就气喘吁吁了。我再一次原地坐下。这次，我想看看还能摸到什么。我还真的找到了一件东西。是一把椅子。坐上去。我感觉很庆幸,能找到一把椅子。直到我又想起了鞋子，我把它留在原地了。此时，它已在雾气中消失。我为什么不穿上它呢？可能我已经忘记了该怎么穿鞋，忘记了左和右的区别。我站起身，托起椅子的两条腿，把它背在身后——我可不想再让它被雾气夺走了。

我背着椅子来到走廊尽头。之所以说尽头，是因为前面没有路了。水流声是从旁边一扇门里传来的。我走进去，闻到了强烈的尿臊味。一只手放在我的肩膀上。

“您要上厕所吗？”我听到那个人这么说。不等我回答，那个人便脱掉了我的裤子，扶着我的身子转过来，让我坐在马桶上。我仍然举着椅子，警惕有人把它抢走。

雾气，再一次涌来，吞噬着我周边的空间。我想要站起来，可一想到将要面临的两难局面：如果自己提裤子（那个人不知还在不在），就必须放下手里的椅子，也就是主动把它交给雾气，这当然是我不愿意的；如果仍拿着椅子，我就没办法提裤子，怎么说也很难为情。我只好继续坐在马桶上。我赤裸的大腿在寒冷中瑟瑟发抖。谁能告诉我，人究竟还要面临多少选择？

失梦园

清晨的泥土，散发着树叶与雨水混合后的腐烂的清香。他用一把生锈的铁锹翻开泥土，将那只鸟放进去。这是一只白色的鸟，更早些时候，他在游乐园一条几乎快要被遗忘的小径上发现了它。它静静地躺在路中间，仿佛是要阻拦他的去路。白色羽毛被清晨的风微微地吹拂着，像在不住地颤动。前一天晚上，天空下了一场久违的暴雨，使得这只鸟的羽毛显得残缺不全，像是一只被打烂而遗弃路边的羽毛球。

他拾起了它。

几乎没有重量，仿佛是在拎着一小团空气。然后，他找到了倚在铁栅栏上的铁锹。一晚的雨水使它们生长出了更多的霉斑，似乎快要长在一起。他将鸟的尸体放在一旁，挖出一个小坑，将鸟放了进去，盖上松软而潮湿的泥土。被翻开的泥土呈现出不同于四周的颜色。

他直起腰，看到头顶的云被风刮成一缕一缕的，呈丝状，仿佛被一把巨大的梳子梳理过。从什么地方传来滴水的声响。他走回去，顺着来时的小路。这时，他看到一棵树上跳跃着一个小小的身影。是一只白色的鸟。他站在那茂盛的树冠下，仰头看着。那只鸟神气活现，细小的脖颈敏捷地摆动着，不时发出一声清鸣。他注意到，那只鸟是透明的。透过它的身体，可以看到后面油亮的树叶的颜色。他知道，那是鸟的小小的魂灵。

鸟的魂灵突然腾空而起，在他的上方盘旋。他继续往前走。在灰白色的房舍前，妻子正站在门口，伸出手接从房檐滴下来的雨水，一滴晶莹的水珠在她的手掌上破碎。她的头发湿漉漉的，或者说，她整个人都显得有些湿漉漉的，冒着水汽。

水汽。他闭上眼，感受着太阳出来后，昨夜的雨水重新以气体形式回归到天空的过程。他觉得无数气流像是水族馆里供氧设备冒出来的小气泡，从身体周围往上升腾。这个过程中，泥土以及泥土下覆盖的一切（植物的碎片、昆虫的残骸、人们的垃圾）都在窃窃私语，就像是烧开水时的壶嘴发出动物性的长鸣。

他睁开眼。从房檐滴露的雨水依然源源不断，可是妻子已经下定决心，冲破了雨帘。她全身湿漉漉的，好像刚刚从湖水中走上岸。他看到妻子正在朝自己走过来。接着，一声清鸣使他几乎要忘记的东西重新浮现在清晨的阳光中。那只小小的魂灵鸣叫着，螺旋式地下落，最后落在妻子的胸口处。他看到那只鸟伸懒腰似的舒展了几下翅膀，便将小小的头埋在羽毛中，一动不动了。它透明的身躯与妻子重叠在一起。

一只死鸟的魂灵在妻子的身体里长眠。

他走过去，用手轻抚妻子的长发。很干燥。今天，她穿了一件宽大的衣服，稍微一动，褶皱处就会发出衣料揉搓的声响。他用手搂住妻子的腰肢，衣服的摩擦就愈发地响。他感觉自己仿佛是在搂着一堆皮革制品。

“墓地又扩大了。”她说道。好像很冷似的，她将身体往宽大的衣服里缩了缩。

他抚摸着妻子干燥的长发，看着她眼神里的空洞。这空洞似乎在日益扩大。他想，总有一天，他搂抱的将是一个完全的空洞，一个湿漉漉的、伸出手收集雨水的空洞，一个内部寄居着死鸟魂灵的空洞。而最初呢？他想，最初的空洞可能只有一滴椭圆形的雨滴大小。

他与妻子并肩来到游乐园与墓地的分界地带。

“你看。”她说，“就在昨晚，墓地又扩大了一点点。”

是的，他看到了。墓地确实继续延伸进来，紧紧地贴着秋千，似乎随时都会将这只被遗弃很久的跷跷板吞噬——这已经不是第一次了，不久前，墓地就曾吞噬了一个秋千。当他终于发现这件事时，原先是秋千的地方已经不知何时立起了一个小小的墓碑。

他走近看。

墓碑上没有名字。

他们坐在一只黄色的旋转咖啡杯里吃早餐。每天，他们都要对游乐园里的设施进行清理工作，然后在第二天，又会落满灰尘。他曾提议将这些设施全都蒙上白布，这样会省很多事——他们真的这样做了。于是有一天,这里的一切（彩色的旋转木马、恐龙蛋一样的咖啡杯、永远沉向一头的跷跷板、失去弹性的蹦蹦床、打气球用的激光枪）都蒙上了一层白色床单。在白色床单下面，它们只能显露出模糊的形状。

她漫步在白色的形状中，就像行走在雕塑馆里。风吹来，这些白色的形状微微抖动，布料发出波涛声。白色的，布料的，海洋。她尽力使自己游动起来。而当白色的波涛声紧紧包围住她时，她觉得自己小小的惊呼似乎也变成了白色的。

“我受不了了，”她说，“这里简直变成了死者的房间。”

她不记得说这话时丈夫在不在身边。可能在，也可能是她在自言自语，又或者，他处于在与不在之间。她停下脚步，思考着处于在与不在之间的丈夫，像是同样蒙上了白布，变成模糊的形状。白色的床单取消了一切表象，只留下单纯的凹凸。在这一切白色形状中［旋转木马的形状，咖啡杯（抑或是恐龙蛋？）的形状，跷跷板的形状……］，她克制着晕眩。

她看到了那个白色的人形。它前后摆动着身体，呈松软的金字塔状，忽高忽低，像是在做某种下蹲、直立、再下蹲的连续动作。她走过去，掀开那白色的人形。

一只鸟飞了出来。它是什么时候被困在白布之下的？它拼尽全力地将床单顶起来，仿佛要将床单一起带到天空。如果再坚持一会儿，可能就成功了，然而现在它脱离了床单，飞向了一旁的枝头，斜着脑袋，看着底下的那个女人将白色床单一件一件扯下来。

事物终于回归了它们本来的面目。

而当她跟丈夫提起这件事时，他有些机械地扭过头，看了自己的妻子一眼。“从来没有过的事，”他说，“我们从来没有用床单蒙上那些东西，谁会做那么傻的事？”

但是她并未停下来。“我受不了了，”她说，“这里简直变成了死者的房间。”

那个时候，她的丈夫正在研究一种神秘的花，整天将自己沉浸在书本中。

“那死者的房间……”她继续讲下去。她似乎重新变成了那个无助的小女孩，站在死者的房间里。空旷，只有白色的布的味道。一切都被白布蒙了起来，变成了一处遗迹。她想到，母亲也被同样的白布蒙住，但她不在这里，而是去了更加遥远的地方。留在这里的，是一些无法自行挪动的东西。它们如今统统变成了白色的形状。灰尘再也落不到它们的身上，从此，它们与灰尘隔绝开来，只属于一层白色。

天空变暗了，她看到丈夫放下书本（《常见植物手册》）和眼镜，站起身，走入了夜色中。她拿起那本书，其中一页被折了角，翻到那页，天色太暗了，她看不清上面的字。这时，她听到了一种奇特的鸣叫。

那只鸟，白色的羽毛在夜色中格外清晰。它看着底下的女人放下一本书，走过来，站到树枝下。他们彼此对视着。

她可以看到它的眼睛，纽扣般的眼睛里没有内容。就像她曾经看到的母亲的眼睛，变成了如同她的玩具熊的纽扣眼睛。之后，母亲就被一层什么东西蒙住了，被送往了更加遥远的地方。而那个小女孩，在今后的日子里将一再地回到那间空旷的房间。

鸟扑腾了几下翅膀，飞走了。

纽扣的眼睛，消失在了夜空中。

他躺在潮湿的草丛里，后背洇了一大片水汽。他尽量使自己的气息微弱一点，仿佛在害怕什么人循声找到他。他躲在这里，闭上眼睛，想象自己是一截灌木。他努力将脑子里的思绪像绿色牙膏一般挤出去，像清理房间一样清理出一小片洁净的区域。但往往工作到一半，这间洁净（或还未来得及洁净）的房间就开始摇摇欲坠，天花板上的水泥块开始掉落，书架倒塌，各种物件落了一地。他坐在床头，略显困惑地看着眼前发生的事。

当房间的碎片将他掩盖，他睁开眼，从被压出人形的草丛上站起来。周围全是墓碑，整整齐齐地摆放在一起，以至于有时他会以为自己生了复眼，将墓地的景物自行复制了数倍。

“你是最棒的尸体模仿者。”一个老头坐在旁边的墓碑上，咧开嘴朝他笑。作为守墓人他浑身精瘦，仿佛将多余的肉都埋在了这片墓地，剩下的只有勉强能包裹住骨骼的皮肉。他坐在墓碑上，左手不自觉地抚摸着屁股下的黑色大理石，仿佛在抚摸一只黑毛大犬。

“墓地又扩大了。”他说，感觉后背的湿气正一点点消逝，留下某种干燥之感。

“是的。”守墓人说，“墓地的价格越来越高，城里人需要更多的土地。”

他几乎没有听清守墓人的话。他弯下腰，发现了什么，用手拨开如动物毛发般的草丛，从中拾起一枚粉红色的颗粒。放在手掌中，只有半个指甲大小，看上去如未发育完全的乳头。

红色的蜻蜓，静静地漂浮在墓碑上空。

他不再理会守墓人，兀自走入墓地深处，在如复眼般的墓碑间找寻粉红色颗粒。天色渐渐暗下来，他走在踩上去咯吱作响的杂草间，就像走在一堆废弃的塑料制品里。他在这无边的塑料垃圾中跋涉着，可手中的粉红色颗粒依然只有一个。

“我想象中的死亡是一片汪洋，但是没有波浪，完完全全静止的大海。我走进去，踏出浪花，而那浪花也是沉默的，像是无声的阴影。”

已经看不清眼前的事物了，他只好停下来，手里捏着一颗粉红，茫然地站着。他看到守墓人手拿铁锹从黑夜中走上来，像是一个临时戏剧演员走上舞台。然后，他在一个墓碑前站住，抚摸它（像是抚摸一只黑毛大犬）。他双膝弯曲跪地，将耳朵贴在地面上，同时用拳头敲击地面。一种空洞洞的声音从地下传上来。守墓人咧开嘴笑着。

他看到守墓人用铁锹将墓地挖开，一只看不清颜色的棺木显现出来，接着，守墓人掀开棺木，站起身，让他往里面看。棺木里的夜色很浓重，他透过那层厚实的黑暗，看到了一只鸡蛋大小的电灯泡静静地躺在空荡荡的棺木内，像是一个微型的死者。

“但是这毫无用处。”守墓人咧开嘴笑着。

于是，他继续行走在黑夜里，手里多了一只电灯泡（一个微型的死者）。不知走了多久，他停下，感受墓地的风穿透身体的缝隙。四周昏暗一片，他用手上下摩擦电灯泡。电灯泡随着摩擦的频率断断续续地闪烁，发出吱吱的电流声，仿佛灯芯里有一个顽皮的孩子在蹦蹦跳跳。终于，电灯泡发出了极其炫目的光芒，似乎将要撑破那层玻璃围罩。但这炫目之光芒仅维持了几秒钟，电灯泡便彻底盲目，陷入黑暗之中。

他跪在草丛里，喘息着。这时，月光清澈地从头顶照射下来。他的双手攥着草皮，看到眼前散落一地的粉红色的颗粒。呼吸渐渐平静，他将它们拢到手里。

回去时，月光照在头顶，铺筑了一条银色路径。他又看到了那个穿蓝色裙子的女孩，在不远处的地方，脚步轻快地走着，低声哼唱着一首绵软的歌。他一边往前走，一边看着那个女孩。月光照在头顶，铺筑了一条银色之路。

“我的眼前是一片阴影的大海，走在其中，踏出影子的浪花。它如此平静，或是死寂。在这里，我感到无比安宁，同时又无比空虚，如同刚刚遭遇劫掠，变得两手空空。我就这样坐在这儿，看着影子的浪滴打在我身上，看着我流出影子的泪水。”

穿蓝色裙子的女孩转入一片丛林，倏地不见了。

“你有时总会说些奇怪的话。”她对丈夫说。这个时候，她的丈夫正在研究一种花的种子：粉红色的，富有弹性，装在一只玻璃器皿中。他若有所思，同时不时用手指搅拌，仿佛正在晾晒某种粮食。他戴着无框眼镜，她觉得，他戴上眼镜会有些显老。不过她并不想说这件事，她想要说的是：“很多次我都会被你吵醒，你总是咕哝着我听不懂的话。好几次我发现你后背被汗洇湿了一大片，就像刚刚躺到水塘里似的……你究竟梦到了什么？”她透过镜片，看着丈夫的眼睛。

他依然在晾晒他的粮食。接着，他站起身，拿起倚靠在门后的铁锹，走出屋子。这时，她想起还有衣物要洗，木桶就放在屋子外面。于是她也走了出去，准备继续未完成的工作。就在刚才，衣服洗到一半，她突然停了下来，跑到屋子里对他说了那样一通话。她觉得，如果不把这些话说出来，她简直什么也做不了了。

几棵树被风吹得簌簌地动，就像上面藏着什么东西。游乐园依然静悄悄的，除了他们俩，没有其他人。她走向装满水和衣物的木桶，浸泡在洗衣粉泡沫里的衣物似乎比原先膨胀了，像是刚刚被溺死一样。她继续坐在小凳子上，揉搓这些纤维材质的死尸。

在晾衣绳上挂衣物时，她看到丈夫正痴迷于用新鲜的泥土将粉红色种子埋起来的游戏。他将土倒进玻璃器皿中埋起来，似乎又有些不放心，再将它们掏出来重新埋好，如此反复多次。他依然顽固地戴着那副无框眼镜。

她挂好一件硕大的蓝条纹床单，用夹子夹好两端。再次探出头时，她发现丈夫已经不见了。她搜寻着丈夫的身影，但目光被飘荡在天空下重重叠叠的衣物遮挡了。那些衣物就像是一层层幕帘，将游乐园分隔成了好几个空间。

它们被风吹拂着，柔顺而沉重地飘动。

她掀起这些幕帘，却发现自己已迷失在衣物的迷宫中。水滴不停地往下滴，弄湿了她宽大的睡衣，使其发出一阵不自然的皮革般的响动。怎么会有这么多布织成的东西？它们用柔软的触角抚摸她的脸和身体，唤醒她身上的一部分。那发出皮革般响动的部分。

她第一次对它们产生了畏惧。她几乎是慌乱地脱下睡衣，在噼啪作响的静电声中饮泣起来。她只穿着单薄的内衣，蹲下去，在布料的恶魔中瑟瑟发抖。她想起了死去的（不，是被运往了更加遥远的地方的）母亲,想起了玩具熊的（同样是布做的）

纽扣眼睛。

那个女孩悄悄登上跷跷板，盯着她看。

她看到了女孩。她停止了啜泣，站起身，缓慢地走向女孩。她发现那女孩站在跷跷板翘起来的一端，脸上没有表情，其中一只手上抱着一只玩具熊。

没有纽扣眼睛的玩具熊。原本应该是眼睛的地方，只有棕色的布料。她已经记不清这个游乐园有多久没人来过了，它几乎已经退化成了她与他的私人园地（她几乎快要忘记了，这里仍属于公众空间）。突然而至的小女孩使她一时间有些手足无措。

“你……”

她一点点走近这个站在跷跷板翘起一端的小女孩。她看到，她的双眼是两枚黑洞洞的纽扣。纽扣的眼睛，正在盯着她。

她再次醒来时，丈夫正站在她身边。“你究竟是怎么回事？”他微微皱着眉头，有些责备地说。她站起来，发觉自己只穿着内衣。她的脸红了，羞愧地低下头，将睡衣（扔在一旁）慢慢穿好。她突然想抱一抱他，但他提前一步转过身，走开了。

她看着丈夫的背影。他的后背洇了一大片水渍，走路的步伐显得有些虚弱。她想跟他说一说刚才的（或某些很久以前的）事，但终究没有说出口。

那些衣物（无生命的）依然挂在晾衣绳上，几乎不再滴水了。

失去了衣物的洗衣水里的泡沫正在凝聚、成形，像是某个令人费解的黯淡图腾。

他醒过来。他坐在床头。他看着这个房间。天花板静止不动，书架安静地站立在地面上，各种物件也都各就其位，并没有被施加魔法。它们依旧是（起码目前依旧是）无生命的东西。他略显困惑地看着眼前的一切。他的妻子正在厨房里煎蛋。

有一天，她突然对他说："你不会离开我吧？"他对这个问题有些讶异，不知如何回答。那个时候，妻子正在晾晒衣服，可将衣服挂好后，她便离得远远的，仿佛有什么怪兽躲在衣服后面。以至于到后来，他发现妻子不知何时不再洗衣服了。脏衣服立刻堆积如山，而此前一直爱干净的妻子对此不闻不问。他只好自己洗衣服，这使他的工作量大大增加：每天要按时给种子浇水，定时观察、记录种子的生长情况，然后，他还要洗衣服。

"你不会离开我吧？"夜里，妻子在他耳边说道。他翻了一个身，睡着了。醒来时是半夜，他发现妻子坐在椅子上，睁着困倦的眼睛，盯着一处毫无意义的角落。他不记得妻子曾有失眠的情况。"你为什么不睡？"他说。"我听到了一些声音。"她说。

他们一起走出屋门，来到外面。"我听到了一种动物行走的声音，它很大，从这里走过去，发出了行走的动静。"据她说，她听到某种大型动物正在游乐园里四处走动。他披着睡衣，捕捉夜晚静谧的声响。他没有听到动物行走的响动，反而听到了另一种：窸窸窣窣，仿佛有什么正在生长出来。他循着声音走过去，看到那只埋着粉红色种子的玻璃器皿上，一条粉红色小嫩芽（只有一截小拇指大小）从泥土里冒了出来，就像幼年金鱼的小尾巴。他高兴地捧起玻璃器皿（他并不知道这玩意之前是做什么用的），心想：或许过不了多久就会开花。

“快过来看。”这时，妻子招呼他说。他放下长出金鱼小尾巴的玻璃器皿，走过去，看妻子指着的一小块土地。在那块无辜的土地上，赫然印着一只动物的脚印，足足有一只橄榄球大小，而在间隔大约半米的地方，出现了另一只脚印，脚印依次排列，如同等待填苗的树坑。而这只庞然大物并未走出多远，印迹在某个（没有任何特殊之处的）地方戛然而止。

“我可以闻到它留下的野生动物的气息。”她说，然后看向远处，仿佛在目送那只动物离开。那确实是脚印，可以清晰地看出脚趾的形状。他有些困惑地看着这一切。

“应该是大象。”他随口说。得出这个结论后，他想：可以去睡觉了。

在床上，妻子将他抱得很紧，好像要将他捏碎似的。他用力掰开妻子的手（硬邦邦的），说：“干什么？”“我害怕。”妻子回答道，“我闻到了野生动物的气息。”

他想象着一头大象在游乐园的夜色中游荡，并且留下脚印。他想，可能还有更多的动物，只是它们没有留下足迹罢了。或许这个没有人愿意来的游乐园，早已经成为了野生动物们的乐园，而他们对此仍一无所知。大象的出现是一个善意的提醒。他又想到了他的金鱼尾巴，想到金鱼尾巴变得粗壮，并开出艳丽的花朵。“睡觉吧。”他最后一次推开妻子的手，翻过身去。

“你不会离开我吧？”她的声音里似乎有某种鸟类的鸣叫，“外面有野生动物。”

他听到鸟扑打翅膀的声音，墙壁上凌乱地映照着鸟的魂灵的影子。此外,他还听到了某种皮革的摩擦声。他的脸冲着墙壁，默念了几遍《常见植物手册》上面的施肥要领。

又一个晚上，他们面对面坐着，中间隔着桌子，桌子上面放着蛋糕。是他们之中某个人的生日？他不敢确定。妻子细心地在蛋糕上插上蜡烛，然后唱起了生日歌。他也跟着唱着，但依旧搞不懂是谁的生日。烛光映照着妻子微笑的脸，像是一张小女孩的脸。

“是谁的生日？”他问。

“我妈妈的。”她回答说。他点了点头。蜡烛快要燃尽了，他看到妻子拔掉蜡烛，将一只电灯泡插在了刚才插蜡烛的地方。

“我们开始吃蛋糕吧。”

他将那只电灯泡拿出来，轻轻地送进了妻子的嘴里。而妻子轻轻地含住电灯泡。电灯泡发出橙黄色的光，照亮了她鼓囊囊的腮,和上面细小的静脉血管。他看到泪水从她的眼角流出来。

夜行的动物，悄无声息地从窗前走过。

那段时间，她的“恐布症”发展到了顶峰。不知从什么时候起，她开始惧怕所有的布制品（包括被子、床单、枕头、枕罩、衣服……）。此时正值秋天，落叶飘下，天气开始转凉。为了与床单隔绝，她找出了席子，铺到床上。做这些事的时候，她是戴着皮革手套的。

另外，她无法忍受用布做成的衣服。她将身上的衣服全部脱下，从丈夫的衣柜里找出了一件陈年皮夹克。那是一件灰绿色的皮夹克，很多年未穿了，现在变得很硬，穿上去就像套着一副铠甲。但她很高兴，终日穿着它，睡觉也不脱下。

这件皮夹克还是最初来到这个游乐园时买的。那个时候他们还没有结婚，非常年轻，年轻得都可以称得上是孩子了。他们每天的工作就是接待来这里玩耍的更小的孩子。那时，大型游乐场还没有建起来，这里是孩子们最欢乐的天堂。后来他们就在这里结了婚（免费提供住宿），过了几年，大型游乐场拔地而起，当初的孩子也已经长大，被家长塞进学校，而新一批的孩子们则纷纷涌向更加刺激的大型游乐场。这里慢慢被淡忘了。再后来，后面的山坡（一直荒着）被改造成了墓场，并不断地向外扩张。

昨晚，仅存的一只秋千也被墓地吞没了。

“你评评这个理……”她愠怒地说。穿上皮夹克后，她活动有些不便，比如不能弯腰，不能跑动。她的下半身没有衣服可穿（没有皮裤），不过好在皮夹克宽大，可以勉强遮挡。她站在墓地边缘，露出两条修长的腿。守墓老头坐在黑色大理石墓碑上，抽着烟，乐呵呵地看着她。她看到一群又一群红蜻蜓从墓地飞了过来。

丈夫依然沉迷于种子的开发。他每天都盯着玻璃器皿中的粉红色嫩芽，或者翻看《常见植物手册》。嫩芽长得很快，从柔软的金鱼尾巴变为了硬邦邦的树枝形状。“它会开出美丽的花朵的。”他直愣愣地盯着它看，“你从未见过这样的花朵。”

她觉得丈夫开始变得行踪诡秘。有时，他会突然消失一段时间，而且每次都从墓地回来。他的身上沾染着一种奇怪的味道，就像是硫黄与铁锈的结合体，她不知道那究竟是什么。

进入秋天后，每天都会有大量的红蜻蜓从墓地飞过来，落到屋顶上、树上、草地里和一切游乐园的设施上（彩色的旋转木马、恐龙蛋一样的咖啡杯、永远沉向一头的跷跷板、失去弹性的蹦蹦床、打气球用的枪……）。它们彼此交尾，身体叠在一起，发出如蝗虫般的窃窃私语，那些声音汇聚到一起，如同米粒之雨从天空洒下。

“这里到处都弥漫着野生动物的气息。”她说。从那天晚上起，草地上出现的动物脚印越来越多，几乎布满了游乐园的各个角落，简直像月球地表般坑坑洼洼。

“是吗？”丈夫摘下眼镜，暂时将目光从那本书中解放出来。

“我有点害怕。”她伸出手，想要抱住丈夫。但那件硬邦邦的皮夹克使她的动作显得十分滑稽笨拙，并且附带着咯吱咯吱的皮革摩擦声。

丈夫轻巧地躲开了。他抬起头望向天空，像是在寻找一只消失已久的鸟。

自从换了席子，他总是在半夜被冻醒。他不止一次梦到自己睡在寒冷的山洞里，不知名的寒带动物围绕在他身边，呼吸着寒冷的空气，潮湿的鼻翼冒出白色的雾气。他醒来，看着窗外混合着紫色光芒的夜晚。四周静悄悄的，只有寒意从每一根竹席水滴般渗进到他的皮肤。

妻子睡在旁边，依然穿着那件坚硬的皮夹克。他想，那只死去的鸟儿的魂灵依然静静地驻扎在妻子的身体中，不肯离去。他闻到了一股腐烂的羽毛的味道。每当他凝视着妻子，都会模糊地看到那只鸟缓慢地打开翅膀，扬起喙子，发出在生者的世界听不到的鸣叫。那只鸟寄居在她的体内，慢慢地与她的灵魂融合为一。

他披上外衣来到屋外，沐浴在树枝般清晰的月光中。玻璃器皿在一棵树下闪烁着淡蓝色的光。他看到里面的东西从泥土中延伸出来，从金鱼尾变成树枝，再变为藤蔓，彼此缠绕，结出了粉红色的果实。拳头大小的果实，牢牢地攥着自己。

但他要的并不是果实，而是花朵。很久前的某一天，机缘巧合之下，他从《常见植物手册》中看到了某些隐匿的内容，只有最细心的读者才能从众多普通的植物条目中发掘出来。在那里，他找到了一种让无花果开花的方法。无花果的花朵没有图片，只有简单的文字描述，可就是那短短的几行文字，令他魂牵梦绕。

他走到粉红色的果实前，摘下其中一个。他想，花朵就孕育在这里面，可它们还来不及开放就攥成了果实。他用小刀将果肉切开，粉红色的颗粒一下子涌了出来——他没有收获花朵，却得到了更多的种子。

无花果生长得很快，结出了更多的果实，每一颗果子里都满载着更多的粉红色种子。到后来，整个游乐园都被粉红色的藤蔓所缠绕。但依然没有花朵，只有数不清的种子在他面前蹦蹦跳跳。他有些绝望，无花果的花朵在他脑中盛开，几乎要撑破他的脑壳。

“就这样放弃了吗？”守墓人坐在黑色大理石墓碑上，看着他。他躺在墓地间，后背被潮湿的泥土洇了一大片，可他并不想起来。他知道，自己是最在行的死尸扮演者。

“花朵……”守墓人用一种特别的音调说道，“每一朵花都需要机缘，不是吗？有时你缺少的只是看见它的机缘。想想看，它在你看不到的地方破土发芽，茁壮成长……这是多么美妙的事啊。”守墓人的声音显得很缥缈。

他突然困倦得不行，睡了过去。醒来时，发现自己躺在一间小屋子的床上。周围悬挂着很多蓝色小灯泡，就像是一串串葡萄，整个屋子都被蓝色的光充盈着。他看到了那个穿蓝裙子的女孩。她坐在床头，正在抚摸着他的脸颊。那种温柔和怜爱，只有情人之间才做得出来。他并不认识这个女孩，只是在墓地中远远地看到过几次。她喜欢哼唱他从未听过的歌，步履轻盈，仿佛踏在蝴蝶背上，也察觉不出丝毫重量。

现在，她坐在床头，小声哼着一首民谣。他觉得自己就像是一个襁褓里的孩子，正接受着母亲的爱惜。奇怪的是，他并没有觉得惊奇，而是感觉这一切无比熟悉，仿佛已经历多次，就像曾反复梦过多次的场景。对于之前的事他完全没有记忆，但一点也不陌生。

他感觉身体前所未有地充满精力。他走下床，跟随着蓝裙女孩走出屋子，走向墓地深处。在那里，他看到一枝巨大的粉红色花朵正在黑色的墓碑间摇曳（如生长在水中）。巴掌大的花瓣微微闭合，似乎包裹着什么东西。他扭过头，看蓝裙女孩，突然发现：她长得很像年轻时的妻子。是的，几乎一模一样。

花瓣慢慢张开，在花蕊中，一个粉红色的婴儿显露出来。他/她几乎是透明的，四肢蜷缩在一起，像是幼年的海豚。此时，他/她静静地沉睡在柔软的花蕊中。

“花朵……”他轻轻地抚摸着粗壮的花茎。他将婴儿轻柔地抱在怀中（像摘下一枚果子），感觉不到任何重量。“这是我的孩子吗？”他爱抚着他透明的粉红色肌肤。

“你就要开启一段崭新的生活了。”守墓人坐在黑色大理石墓碑上，用力拍打着手掌。他的眼珠由于过于兴奋而充满血丝。

现在，他左手怀抱着婴儿，右手牵着蓝裙女孩的手，两者都如虚空般轻盈。他感觉自己像被包裹在两团人形的空气之中。

她做了一个梦：她看到自己从睡梦中醒来，发现身边的丈夫用被子紧紧地蒙着身体。周围全是黑暗，那黑暗以不易察觉的频率豆腐块般微微震颤着。被子底下没有声音。她慢慢地伸出手，掀开被子。一只鸟倏地飞了出来。被子下面空无一物。

醒来时，她惊得一身冷汗。最近一段时间，她常常做这个梦。她用手探过去，摸到丈夫的身体轮廓，耳边听到丈夫的鼻息，这才安下心来，但隔几天仍会做同样的梦。她身上的皮质铠甲咯咯地响着，她将身体往里面又缩了一缩。

深夜，一些事物会变得格外敏感。她感觉身体里寄居的那只鸟开始不停地扑闪翅膀，与此同时嗓子眼很是干燥，仿佛塞满了羽毛。那只鸟，想从我嘴里飞出来呢，她想。她使劲地往下咽唾沫。有时，那只鸟会稍稍安静下来，合拢翅膀，静静入睡。

听着丈夫的鼾声，她的心变得平稳，但是有另一股力量开始乘虚而入。在她的两腿之间，一蓬花树正在黑暗中缓慢生长。在黑暗之中，她大大地睁着眼睛，看着模糊的天花板。那只鸟又开始扑腾起来。尖尖的喙子啄着她最敏感的部位。她忍不住呻吟起来，然而这微弱的呼喊很快被浓稠的夜色吞噬。皮衣开始紧缩，嵌入她身体的每一道缝隙中。

丈夫的鼾声没有丝毫波动，如同苍白的河水。她几乎禁受不了鸟的啄食了。她将手探进丈夫的被子中，却摸到了一片空无。黑暗中，她依旧睁着明亮的双眼，不知道发生了什么。丈夫的鼾声依然在继续。她再次伸手去摸，还是什么也没有。

她意识到问题的严重性，坐起身，一把掀开丈夫的被子。她看见被子下面有一只小小的收音机，只有词典大小，鼾声就是从那里面传出来的。她愣愣地看着收音机，伸出手摁下上面的红色按钮。随着“吧嗒”一声，鼾声消失了。

夜晚进入了一种令人难以忍受的沉寂。那只鸟安静下来，像是在不怀好意地期待着什么。她在屋子里找了一圈，没有找见丈夫的身影。她走到屋外。沐浴在树枝般清晰的月光中。游乐园到处都被粉红色的藤蔓所缠绕。她跨过脚下的藤蔓，来到储物间，将一只大象的脚部模型拿了出来。那是不久前她在储物间无意发现的，按照真实比例制作的模型，曾经是那些爱恶作剧的孩子的心爱之物。她将模型拿在手里，凝视片刻后，走出储物间。

他终究是离开我了，她心想。她将模型使劲摁在泥土中，地上立刻出现了某种夜行动物的硕大脚印。她一边制造脚印，一边想：他终究是离开我了。然而，这个想法并不影响她手头上的工作，很快，整个游乐园便布满了夜行动物的脚印。

她打开旋转木马的开关。木马立刻转起来，同时上下起伏，发出悦耳的儿歌。她坐上其中一匹，木马驮着她一遍又一遍地转圈。天空融入了更多的紫色染料，随着紫色和红色的染料越来越浓，天亮了起来。

她回忆着母亲去世的那天。那是一个阳光明媚的午后，她在学校里玩球，一个穿棕色大衣的男人来到她身边。阳光在他的身后猛烈地照射着，她看不清那个男人的脸。男人跟她说了什么，像是出现了断层，之后的记忆她全不记得了。当记忆的断层终于被链接上时，她已经置身于空旷的房间。白色的布蒙在母亲的身上，轻柔的布料使下面的人体轮廓凸显出来。烈火熊熊燃烧着，白布下的人将被送往遥远的地方。从此，它将只属于白色的形状，成为无法自行挪动的事物，再没有灰尘会落到它的身上。

而在记忆发生断裂之前的某一天夜里，那个小女孩紧紧地抱住身旁的母亲，反复询问："你会离开我吗？"

你会离开我吗？

"我们终将会失去一切啊。"黑暗中，她听到母亲被另一种声音所占据，一种陌生的、空洞的，但更为原始的声音，在黑暗中响起。

天就要亮了，她再次听到了那种声音，从远处响起。浑厚的、迟缓的声音。她抬起头，望向那个方向。只见墓地如黑色的河流从四面八方朝这里涌来。转瞬间，便吞没了游乐场的一切。她躺下来，躺在潮湿的泥土中，在太阳升起前，她想要静静地睡上一小会儿。睡梦里，她看到一只小小的鸟从自己身体中凌空一跃，飞向远处。

他看着眼前巨大的摩天轮出神。他与蓝裙女孩和孩子穿过墓地，不知不觉间来到了一座巨大的游乐场前。此时，游乐场里人声鼎沸，人们似乎在庆祝着什么节日，无数氢气球飘荡在头顶。阳光猛烈地照耀下来，使他有些睁不开眼。他走在拥挤的人潮中，数不清的人与他擦肩而过，撞击着他的肩膀，他的胳膊，他的肋骨，他的膝盖。不远处，巨大的摩天轮缓缓转动着，直插云霄。随着翻滚过山车刺破空气的呼啸声，人群中爆发出一阵阵欢呼。他不知道自己正在朝哪里走，看着一张张迎面而来的面孔，知觉渐渐变得麻木，几乎已分辨不出这些人脸的差别。他想握紧女孩的手，却发现她不知何时已经消失不见。他低下头，看到自己的臂弯里空空如也。他站住，可只维持了不到一秒钟，便被后面的人流推搡着往前走去。

“在阴影之海的中心，有一座影子之岛，上面全是休息的人。在这里，休息有另一种含义，但没有人将它说出。我从大海中走来，身体格外沉重，就像有什么东西趴在我的背上，我看不到它，我走到人群之中，休息。据说，在这里休息有另一种含义，但每当有人提及此事，人们便竖起一根指头，放在嘴唇中间。因为它是无法形容的事物。”

这时，他听到一声熟悉的鸣叫。他抬起头，看到了那只鸟，盘旋在五彩缤纷的氢气球之间。羽毛洁白，近乎圣洁。

隐居者

现在，我尝试着写一些过去的事情。但其实这些事正是现在发生的。又有什么关系呢？当我写下每一个字之后，时间就这样过去了，一切都退到了过去之中，就像是你坐在一辆列车上，看着朝自己身后退去的风景。因此，每一秒钟（以及比秒更小的单位）都是过去，当你的眼睛掠过这个字时，一切都不可挽回地过去了。

我不知道这是什么地方。我坐在一块不大不小的草丛上给一个虚构的人写信。我总是喜欢这样做。一天，一只傻乎乎的鸟落到我身边，我将它写进了信里。还有一些偶然爬到我身上的昆虫。它们的眼睛往往非常小，或者没有眼睛。冷血的爬虫类。我把它们统统写进了信里。有时，我会产生一种冲动，就是把自己看到的所有事物都写进去，当然这是不可能实现的。我甚至连一株草都写不完。我唯一知道的是，每件事情，都充斥着无限细节。

我确实不知道这是个什么地方，因此我习惯性地叫它“过去”。反正只是一个名称，不是吗？叫什么都是一样的。我站起身，拍拍屁股上的草，等待天暗下去。现在是正午。现在是黄昏。一切都在不可挽回地过去。我期盼着夜晚，因为到了夜晚，就可以见到我亲爱的慧慧了。白天里，我从没有见过她，我无法想象在白天见到她会是怎样的情景。

在“过去”，我们住在废弃的列车车厢里。没有人知道这些横七竖八、四散分离的车厢是从哪儿来的，为什么会放在这个荒僻的地方，任它们烂掉。我们将这些废弃的车厢重新打扫干净，装饰成漂亮的小屋子。每个人都有份儿。

我住在其中一间车厢里，每天都写信。很久以前，我也曾像大多数人一样起早贪黑地上班，但是有一天，我真的厌恶了这种生活。偶然间，我来到了这里，成为了“过去”的一名隐居者。这里是隐居者的天堂。我在草地上踱步，等着太阳落山。住在这里的隐居者们相互间从不打扰，尽管我们每天都会见面，但对彼此所知甚少。对此我非常满意。我们之间发生的联系都是偶然性的，或者说随性的。比如说今天早晨，下了一小会儿雨。无聊之中我走出自己的车厢，在外面淋了一会儿。这时我看到一个瘦弱的年轻男子，也在淋着雨。他头发很长，大概是个画家，或者搞音乐的。我们就这样一起置身于雨中。雨并不大，我们没有对话，最多彼此间露出一个友善的微笑。后来雨停了，我们就回到各自的车厢里。后来我再也没有见过他。

这种事情是很多的。

当然，难免地，你在一个地方住久了，会与其中的人发生长时间的联系。这是我警惕的，然而也自有乐趣。比如说白堤。这是我随便给她取的名。我们时常见面，她经常钻进我昏暗的车厢里。有时，她会带一些酒来。她使我感到愉快，我相信我对于她也是。不过，我们的关系仅限于此，我不知道她真实的名字，也不知她是做什么的。

总而言之，“过去”是一个充满了未知的地方。我在这里写信打发时间，等待夜晚降临。

夜晚降临了。在“过去”，这里的夜色是我见过的最饱满、最深沉的。我走进黑夜深处。舒适的小风吹拂着我的脸。在那把木制长椅上，慧慧还没有到来。这是我为她亲手制作的椅子，准确地说，为了我们。它就在湖边，身后是密实的丛林。木头是从拉松大叔的伐木场借的，工具也是。拉松大叔是一个很好的人，他经营着伐木场，已不知多少年。他是第二个我在这里建立了长期联系的人，当然，这是我自愿的。拉松大叔长着一脸络腮胡子，身躯庞大，热衷减肥和劳动。我有时会去他那里工作，赚一些钱。除了伐木场，拉松还负责为我们这些隐居者提供必备的生活用品与食物。每个星期他都赶着马车，将如一座小山般的食物从外面运到这里。我们给他干活时，他会大喊“劳动净化心灵！”，像个十足的独裁者。但他并不是做独裁者的料，比起我们，他对伐木场里的木头更有热情。

我为什么扯了这么多拉松大叔的事？或许是由于慧慧还没有来。我独自坐在雨后还有些湿润的长椅上，等待着她。湖水非常平静，不时有小鱼从中一跃而起。据说，它们这么做是为了借着月光看清自己的身影。在跃出水面的一瞬，它们的影子清晰地映在了安静的湖面上。它们将记住自己的样子。尽管我听说鱼类的记忆只有七秒钟。

和慧慧的第一次见面的场景我已经忘记了。总之，后来我们经常见面，每次都是在夜里。我不知道她是什么人，更不知道她住在哪里，事实上，“慧慧”这个名字也是我随便取的。我们在一起时几乎不说话，她是一个沉默寡言的女人，偶尔会和我说一两句，但都没什么特别的意味，她只是突然想说话了而已。我喜欢这沉默无言的时刻，在我以前的生活里，这样的时刻简直是奢侈品。有一次，与慧慧一起凝视湖面时，我哭了，我不知道为什么要哭，但我知道这是幸福的眼泪。慧慧，慧慧，在信中我提了多少次你的名字？

你来的时候我睡着了。你坐在我身边，轻轻地叫醒我。月光明亮，湖水就像是一面镜子。我们静静地坐着，谁也不说话。有时我拿出那台老式收音机，找到那个深夜节目的调频。那是一个深夜读诗的电台节目，它的频率很难捕捉，尤其是我的这台收音机，转钮几乎失灵了。它的频率总是一闪而过。我不得不重新寻找、聚焦，像地下党员在寻找那至关重要的电台密码。终于,收音机正确地响起了那个男播音员的声音。他总是在读诗，当然，他的工作就是这个。各种各样的诗，多神奇啊，这个世上竟然有这么多的诗，他注定一辈子也没法读完，注定要成为一个读诗的西西弗斯。读到我的诗时，我会悄悄地观察慧慧的表情。我希望她喜欢。但大多数情况下，当我的诗句被男播音员用那种过于深情、虚假的朗诵腔念出来时，我总是觉得它糟糕透了。我怎么会写下这么烂的诗？我开始悔恨，焦虑，忍不住往水里扔小石子。

不过，慧慧每次都听得很认真，这让我得到了些许安慰。她甚至会认真地跟我探讨几句。

“我觉得那个‘老虎’的意象用得不好。”我说。

“嗯。”她轻轻点下头，“可能直接用‘虎’更好一些。”

就是这样。如果我的烂诗能够得到慧慧的几句评价，那它们也算具有了价值，不是吗？更何况，给深夜电台投稿，还能赚取稿费呢。就算是在隐居，也是要吃饭、穿衣的。

慧慧每次离开的时间都不固定。她会突然站起身，什么也不说，就消失在了夜色中。我从来不问她原因。既然她想走了，就没有什么比这个原因更足够的了。而我往往会多坐一会儿，看看湖水，看看月亮，看看不远处幽深的丛林。我关掉收音机，朝自己的车厢走去。

在我的车厢里，我感觉放松。是的，不知为何，哪怕置身于大自然中，我依然会感到紧张，浑身紧绷。只有完全独自一人，并且是在密闭的空间里时，我才会真正体会到自由。这么说，或许我是属于城市的，我从城市里逃脱出来，但本质上我依然是个城市人。这么想着,我就睡着了。梦中我又回到了城市，是在夜里，我走在一条寂静的街道上。我走过一间间商铺，两旁的楼房都像被打劫过似的，黑乎乎的，没有一盏灯光。我看见一个橱窗亮着，就走过去。橱窗里有一个人。是慧慧。她发不出声音，只是拍打厚厚的窗玻璃。

然后我就醒了。

这个梦让我感觉很有趣。我读了几页威廉·巴勒斯的《裸体午餐》，脑子里仍然想着那个梦。自从来到“过去”，我还没有做过这样充满隐喻的梦。顺便说一句，我车厢里最多的东西就是书，因为它们廉价又有无限价值。拉松大叔不时会帮我从外面买一些旧书回来，都是论斤卖的。比起读书，我更喜欢写信。这时，车厢的门开了，母亲走了进来。她径直走到床边，坐到我身旁。

“你不能再这样逃避下去了，”她对我说，“这样下去你会被社会淘汰的。你在这里算什么样子呢？别人都在努力奋斗，而你却躲到这个鬼地方，难道你能躲一辈子吗？”

她的话让我很伤心，也很焦虑。因为这些话戳到了我的心窝子。一个一心只想着逃避生活和自我欺骗的人，最怕的就是明眼人将其一眼识破。母亲忧伤的目光更是让我无地自容。直到我突然想起了什么，对她说：“妈，您也是一个梦吧？”

听到我的话，母亲明显不高兴起来。她严厉地对我说：“就算我是一个梦，难道我说的不对吗？难道你就要一直这么逃避下去？”

母亲消失了。梦境消失了。我睁开眼。车厢里只有我一个人。窗外的天空已经有一点点亮色。风吹拂着窗帘缓缓飘动。我听到了脚步声，随后脚步在门口站定。不等敲门声响起，我就打开了门。白堤站在外面。她戴了一副大大的棕框眼镜。

白堤喝醉了，当然，这对于她而言是经常的事。一进门，她就坐在了地上。“一切都是体验。”她嘴里含混不清地念叨着，看样子真是醉得不轻。白堤最崇拜的人是一个叫大卫·休谟的苏格兰人，他认为知识仅仅来源于日常生活的印象的集合，我们之所以可以得到各种理念，都是印象作为支撑。白堤以这种观点来体验不同的生活方式，她来到“过去”，也是体验的一种。我将她抱起来，放到床上。她仍在不停嘀咕着什么，但我听不清楚。我走出门外，空气很好，应该不会下雨了。一只蓝灰色的鸟在我头顶盘旋。

我走在松软的草地上。一直走，就来到了拉松大叔的伐木场。木头排列着，堆积着，木头的山。拉松大叔在木头山里露出头来。他戴着一顶蓝色的小帽子，很滑稽。他拿着一把电锯，正在锯木头。“你来啦。”他跟我打招呼。我们聊了一会儿。他告诉我，最近有一头白色的狼在“过去”附近徘徊，很危险。“危险在于，”拉松大叔摸着他那厚实的下巴，“它会说人话，有一颗人的脑子。”

一头会说人话的狼？

“我要组织一支打狼队，你要不要参加？”拉松问我。

“我还要写信。”我说。

“信有什么可写的，猎枪就在那间小屋子里，你自己去拿吧。”

他指的是那间小仓库。我打开门，发现里面已经有三个人，他们手里都拿着猎枪，整装待发。“太好了，这下人就齐了。”其中一个兴奋地对我说。于是我们四个人走出小仓库，朝林子方向进发。拉松放下电锯，向我们热情地挥了挥手。

连续几日的雨水，使草地里长出了大片毒蘑菇。它们颜色鲜艳，有一种恶毒的美。一个瘦弱的小男孩在采那些蘑菇，他身后背着巨大的篓筐，和他的身躯完全不成比例。我知道，他是一个热衷于熬制毒药的小男孩，这是他的乐趣。这样的孩子我见过很多，似乎在人的某个少年阶段，都曾对有毒的东西情有独钟。

“我们不如分开找吧，”其中一个人说，“我们干吗要在一起？”

是的，来到“过去”的人，都是些逃避人群的人。我们力求不与他人建立长期的联系，因为长期的联系即是痛苦的根源。于是我们分道扬镳了。我在林子边缘转了转，就打道回府了。因为今天的阳光真的很好，我不想把时间浪费在阴暗的丛林中。我回到车厢，白堤仍在睡着。我叫醒了她。

“你干吗背着猎枪？”她睁开睡意蒙眬的眼，神情恍惚地看着我。

“阳光很好。”我对她笑了笑。白堤看了眼窗外，也露出了笑容。她站起身，开始一件件脱衣服，直到一丝不挂。“一切都是体验。”她冲我眨了眨眼，“人类的生活勇气往往就丧失在研究、分析、总结、概括和知识当中。”她说完，就走了出去，沐浴在阳光下。她的身体真的很美,这是一种我很少体味到的自然之美。真是非同凡响。不过，我并没有她的勇气，毕竟还有他人的目光存在。

我们无法完全脱离人群，也无意过一种原始人的生活。我们只是尽量减少与他人的接触，同时维持正常的生活必需与尊严。毕竟，人类是高级动物，具有智慧和美德，如果为了离群索居而抛弃这些，未免得不偿失。

白堤离开后（她重新穿上了衣服），我又写了一会儿信。然后我躺在床上，看着窗外的风景。群山寂静，草木无声。空气中飘荡着淡淡的青草香味。在这个美妙的时刻，我不禁想，我所住的这节车厢从前都到过哪些地方呢？是穿越过群山峻岭，还是只在城市中穿梭？现在，窗外的风景终于固定了下来，它会觉得失落，还是安宁呢？它的颜色都已经剥落，无疑，已经是一块废铜烂铁。它是否也有过辉煌的过往呢？这些念头让我有点伤感，随后又感到可笑：真奇怪，我竟然把它当作有生命的事物了！

有时我会这样出整整一天的神，直到黑夜降临。

我走出车厢，来到湖边。这次，慧慧比我先到。她安静地坐在长椅上，凝视湖面。我们穿过幽暗的丛林，在林中漫步。忽然，慧慧站住了。她向我指着一个方向。我朝那个方向看去，借着模糊的月光，一个人躺在那里。毫无疑问，是一具尸体，因为他的身上全是血，我摸了摸他的手腕，一阵冰凉。看来这个年轻的男人已经死了有一段时间了。死者身上的鲜血已经凝固,他的脖子被什么动物咬了一个大口子。我和慧慧坐在他身旁，沉默不语。我们为什么要守着这具尸体？我们并不认识他。但他是可怜的，孤零零地死在了这里，没人知道临死前他经历了怎样的恐惧与绝望。或者，他感到了从未有过的平静？我们无法代替死者说话和思考，能做的就是陪他待一会儿。没有云朵遮蔽，今晚的月色很好，这具尸体在月光的照耀下似乎闪烁着某种神圣的光辉，凝固的血液就像是一块玫瑰红色的矿石。我没有像往常那样打开收音机，因为静谧在此时比什么都重要。

慢慢地，死者身上长出了红色的花苞。或许是有花籽落进了他的伤口里吧。人的血液，是比土壤更丰盛的养料。红色的花朵缓慢地绽放，就像蜻蜓展开了翅膀。“为我摘一朵吧。”慧慧说。我摘下其中的一朵，戴在她的发丝里。在鲜红的花朵的衬托下，慧慧的脸色显得有些苍白。真冷啊，明明是夏天，我却看到从我们的嘴里呼出了白色的哈气。

第二天，这件事就在“过去”传开了，几乎我遇到的每一个人都在谈论这件事。“是那头白狼。”拉松大叔对我说。当时我正在帮他锯木头。我想到了我的猎枪，它还放在车厢里。我有点心神不宁，来到“过去”后这还是第一次。锯完木头，我匆匆赶回车厢，打算将猎枪还给拉松大叔。这时，我听见有人敲窗户。是那个喜欢熬制毒药的小男孩，他睁着一双狡黠的眼睛，盯着我看。

“开会喽！”他朝我喊，“在拉松的伐木场开会，现在就去。”

开会？这可真是新鲜了，自从我来到这里，还没有听到过“开会”这两个字。不管怎样，我拿上猎枪，返回伐木场。这里已经聚集了很多人，彼此间有的见过面，有的完全陌生，这么多人聚在一起还是第一次，作为隐居者，大家都有些尴尬。这次“会议”的召集人是一个白发老头，我见过他几次，都是偶然打个照面。白堤也跟我提到过他，说是一个卢梭的信奉者。鉴于休谟与卢梭曾闹翻过，白堤对老头并无多少好感。

我不知道白发老头叫什么名字，那我就直接称他“白发老头”好了。

原来，老头召集我们过来，是要为那个年轻的死者举办葬礼。墓穴已经挖好了，棺材也准备好了，死者安静地躺在里面，入土为安。葬礼结束后，白发老头清了清嗓子，对我们说：“白狼无疑还会继续伤人，我们必须有所防范。从现在开始，我建议组成巡逻队，每晚都在森林中巡视，直到抓住那头白狼为止。”我和另外三个人之前已经被拉松大叔抓了壮丁，所以直接被编入巡逻队。在整个过程中，我感觉自己是被一种莫名的力量推着往前走，眼前人头攒动，我发现白堤也在人群里微笑着望着我。这样的场景让我如坠梦中。

“团结的时候到了，”我听到老头说，他的声音不大，但很有力度，“对于人类的共同情感，我们失去的太多了。出于对现代社会的厌恶，我们离群索居，想要获得自由，却渐渐丢失了作为人的感情，同时也丢失了作为人的尊严和道德。我们变得像动物一样麻木不仁。这样的情况到了该改变的时候了。”他越说越激动，就像在进行一场演讲。

回到车厢时，我感到浑身疲惫，急需在床上躺一会儿。这时，我听到了敲门的声音，我以为是白堤，却是那个熬毒药的小孩。“把子弹给我。”他拿出一个袋子，示意我往里放。“为什么？”我问。“我要给子弹涂上毒药，”男孩有些兴奋地说，“这是老伯吩咐我的。”

“老伯”指的当然就是白发老头。这对我来说无所谓，此刻我只想睡一会儿。我把猎枪里的子弹取出来给了他。他立刻跑开了。

我又做了那个梦。慧慧困在橱窗里。幽暗的街道。四野无人，连声响也没有。我拍打着橱窗玻璃，就如同拍打一面沉重的墙。慧慧静静地凝视着我，她的眼神冷静得可怕。我是被一阵敲门声吵醒的。那个小男孩将子弹送了回来。“小心！上面沾了毒液，”他得意扬扬地说，“只要打中那头狼，必死无疑。”

袋子里装着那零零散散的子弹，稍微一晃动就会发出金属的碰撞声。此刻，我突然想给家里写封信。自从离家出走，来到这个神秘的地方后，我从未给家里人写过信。没错，我整天都在写信，但大部分我都不知道该寄给谁，我好像是在写给一位想象中的收信人。但谁知道呢，说不定真的会有人收到我的信。

我还记得，我跟父母大吵了一架。此前，我早就厌倦了城市的喧嚣，与其他人的交往也总使我精疲力尽。那天，我似乎把所有的怒气都发泄在了父母身上。吵完以后，是死一般的寂静。我躲进自己的房间里看了一小会儿书。当我去上厕所时，无意中发现父亲正在厨房默默流泪。那一刻，我觉得必须离开了。我似乎从生下来就不适应浓烈的感情，只要出现苗头，我就尽力掐断。就这样，我离开了家乡，离开了城市，游荡到了一些地方。一个雾气蒙蒙的日子，我意外地来到了这个被我称为“过去”的地方。在这个地方，时间似乎是静止的。我不知道究竟住了多久。我热爱这里，这个总是被雾气笼罩的地方。

可是事情起了变化，我不知道是怎么一回事。于是我又困了。这次没有再梦到慧慧。我好像在梦里回到了家。客厅非常安静，光线晦暗。父母不知道去了哪里。家里显得很空荡。窗帘被风缓缓吹拂着，上下翻飞。

醒来后，已经是黄昏了。我与其他人一起去林子附近巡逻。他们看上去都很兴奋。天黑了，有人打开手电筒，有人点燃火把，还有人提着灯笼。光亮将湖面染出了一个个橙红色的斑块。湖里的鱼都静悄悄地潜在水下，谁也不露出头来，或许它们是被吓坏了。我来到长椅那里，长椅空空如也，似乎在听凭自己逐渐烂掉。之后的几天，都不见慧慧的身影。有时我会偷偷从巡逻队里溜出来，回到长椅这里。可我一次也没有见过慧慧。她就这样突然从我的生活里消失了。不得不说，我感到非常沮丧。

一天深夜，我独自坐在长椅上等了很久，我内心深处知道，这其实是徒劳。这注定又是一个不眠之夜。我走到岸边，看着水面上模糊的倒影。我看到我的倒影似乎慢慢变成了慧慧。我不禁伸出手，激起阵阵涟漪。

我不知不觉走进了林子。深夜的森林总是凝固般的静谧。我走到上次发现那个年轻人尸体的地方，这里已经长满了一种奇特的红色花朵。我摘下其中一朵，闻了闻，没有任何味道。慧慧的形象在我的脑子里挥之不去。

我一转身，就发现了那头白狼。它发亮的白色毛发在浓重的夜色中很是醒目。它的眼睛紧紧地盯着我。这一切都发生在很短的时间里，我甚至都不知道自己是怎么举起枪的。我们就这样对峙着。这注定是一个漫长的夜晚。

“不要紧张。”它对我说。

我听见自己沉重的喘息。这是我第一次如此近距离地接近死亡。死亡就在眼前，此时此刻，这简直就不像真的，它比任何时候都显得虚幻。当我这么想时，我甚至觉得自己已经不再害怕了。它的目光一次都没有离开过我。

后来，我听到它对我说了如下的话，我只能凭借记忆勉强记录下来：

“请等一下！请等等再开枪。我知道，两颗同样拥有理性的头脑相遇，却要彼此厮杀，这种事在你们人类是很常见的，但我的情况毕竟有所不同——你可能已经听说了。这就像是造物主出的一次差错，或是开的一个玩笑。作为一头狼，我却拥有人类的智慧与理性！因此我总是在思考自身，我无法停下这种思考。对于我的同类，我其实是有一种钦羡的。因为它们无拘无束，依靠本能生活，甚至也不会感到恐惧。可是智慧和理性究竟是什么东西呢？由于我的独特性，我比你们人类更能看清自然的法则。伟大的理性让我们（如果允许我这么说的话）感到脆弱与渺小，我们的存在只是一种偶然，而我们也随时会被同样偶然地毁灭。多么残酷！我们根本无法真正理解这个世界，我们把它当作家园，但它回应的是亘古的沉默。我们无法理解这沉默背后的真正含义。因为这个世界只是一间小小的牢房，一切生物存在于此没有任何理由与目的，因此消失也不会有任何理由。这里永远是一片陌生的土地。理性用历史、宗教和艺术装饰它，只是为了使它至少看上去不那么令人恐惧。但事实上，根本不存在所谓的家园，每个生物（不仅仅是人类）都是无家可归、孤苦伶仃的。所以有时我会觉得可笑，你们人类竟然真的自我欺骗，虚构出了‘家’这么一个概念，从中又衍生出了各种情感，比如‘爱’‘恨’，等等。然而这一切在沉默与偶然性中都是微不足道的。当然，比起人类，我的脑子里毕竟掺杂了太多属于低级动物的东西，因此思想也是低级的。你可以尽情地反驳我，这只会让我感觉愉快。可是我真的累了，拥有这样的头脑，对于生活在自然法则中的动物来说，是一种折磨。我的同类们从不思考这种问题，它们没有思想，依靠本能，没有快乐也没有痛苦……好了，我说得太多了，你可以帮我个忙吗？现在请你瞄准我的眉心，扣下扳机。我只想请求你瞄得准一些，不要让我痛苦。好了，快点吧，我已经等得不耐烦了。”

我的枪口对着它，可没法扣动扳机。好吧，我承认，在此之前我从未杀过任何动物。植物和昆虫我或许杀死过无数次，但动物……就连鸡、鸭、鱼、耗子之类的，我都从没杀过。想到要亲手结束这些动物的生命，我就会有种罪恶感，而对植物和昆虫则完全没有这种感觉，吃动物肉的时候也没有。

这时，我似乎听到了一声不真切的叹息声。接着，白狼扭过头，一眨眼工夫就消失不见了。我握着枪把的手早已汗水涔涔。

在我走出树林时，天已蒙蒙亮。我还来不及感叹时间竟过得如此之快，就看见一群人正用几根粗大的绳子拉拽一节火车车厢。车厢下面垫着拉松大叔伐木场的圆木。他们喊着号子，让车厢一点点往前挪。他们在干什么？其中一个人回答我说："你还没听说吗？所有分散的车厢都要连接到一起。这是老伯说的：人只有在感情的纽带中才能体会幸福。而且这样会使我们更安全，谁也不愿意在睡梦中被那头白狼咬死，你说是吧？"

毫无疑问，"过去"正发生着巨大的改变。而我此时精疲力尽，只想好好睡上一觉。我寻找着自己的车厢，这时才发现，我的车厢已经拼接好了，也就是说，车厢两头都连上了其他人的车厢。这突然多出来的邻居让我有些手足无措。

"咱们以后就是邻居啦。"我转过头，看到白堤在对着我笑，"我特意安排他们将咱俩的车厢连在了一起。"

我匆匆回应了她一个笑容，然后急忙钻进车厢里。我躺在床上，睡得很不安稳。期间我模糊地听到了敲门声，但我太困了，并没有理会。

到了晚上，我出门，朝湖边走去。晚风很凉爽。白天刚下过雨，因此天空没有云层遮蔽，星星闪烁着，就像是朦胧的意识中某些瞬间闪耀的灵感。这样的场景在“过去”这个地方并不稀奇，可是这次我停下了脚步，好好地凝视了一番。我不禁想，星空对于人类究竟意味着什么呢？虽然人类已经飞出了地球，但我们对星空依旧陌生，进一步说，它们只是宇宙中一颗又一颗的大石头。可尽管如此，我们依然在内心深处与之有着某种莫名的贴近，当一个人站在星空之下，他的内心多少会受到某些触动。当然，这都是老生常谈的话题了，所以我止住了思考，继续往前走。

在湖边，我看到慧慧坐在长椅上。

这真是太意外了。“我还以为我再也见不到你了呢。”我对她说。而她还是像往常那样，对我笑着，没有说话。我的心一下子就变得安静下来。我们静静地坐了一会儿，看着夜幕下清澈的湖水。然后，她轻轻握住我的手腕，站起身，拉着我朝树林走去。夜里的树林是有些阴森可怖的，那些在白天再正常不过的树木到了此时显得奇形怪状。但是有慧慧在我身边，林子就变得格外温馨，就好像自家的后花园。我们在黑幽幽的树木间散步，一直是她带领着我。我就像孩子，跟在姐姐或母亲身后。越往林子里走，光线就越暗，到最后我已经看不见慧慧的身影了，只能凭声音和感觉判断。有好几次，我以为跟慧慧走散了，但每次，她都能轻易地拽住我的胳膊，把我引向正确的道路。不知在黑暗中走了多久，突然，我听到慧慧说：“到了。”于是我急忙站住。几秒钟后，灯光亮了起来。是围成一排的小灯泡，缠绕在一间小木屋上。我以前从未发现树林里还有这么一间屋子。小灯泡的电源插在番茄上——我反应过来，这是拉松大叔从外面带来的新鲜玩意，可以用番茄能量发电的小灯泡。

“这是哪里？”我问。而慧慧只是笑着，看着我，用一种我从未见过的眼神。“你想要娶我吗？”她忽然说道。我愣住了。我这才意识到，慧慧穿的白色长裙很像婚纱的颜色。“你想要我们永远在一起吗？”慧慧站在灯光中问我。接着，她走进屋子，出来时手里拿着一只收音机。她打开收音机，找到了那档深夜读诗栏目。

“今天……”我听到收音机里传来男播音员熟悉的声音，“我读的诗是一名女士写给她的未婚夫的，很明显，这是一首关于‘永恒’的诗……”这时，慧慧再次拉住我。“我们永远不分开……”她的声音在我耳边说。然后，我们一起走进幽暗的木屋大门。

我醒来时阳光已充盈房间。我发现自己正躺在床上。身旁还有一个女人。是白堤。她怎么会在这里？白堤正认真地打量着我。“你醒啦？”她笑着说，“我有事情跟你说。”她沉默了片刻。我望向窗户。此时，窗帘正被风缓缓吹拂着，上下翻飞。

“你要当爸爸了。”她说。

我走下床，走到窗前。外面是一片青翠的草地，早晨的阳光照在上面，闪烁着洁净的光泽。我究竟是在哪里？哪里才是现实？或许这个叫“过去”的地方就是这样，让人分辨不清。这样也好，我突然很想写一封信，寄给某个陌生人，告诉他，不要担心，一切都正在发生。

图书在版编目（CIP）数据

热带／李唐著．-- 北京：北京十月文艺出版社，
2019.10

ISBN 978-7-5302-1984-3

Ⅰ．①热… Ⅱ．①李… Ⅲ．①短篇小说 - 小说集 - 中国 - 当代 Ⅳ．① I247.7

中国版本图书馆 CIP 数据核字（2019）第 163754 号

热带
REDAI
李唐 著

出　　版　北京出版集团公司
　　　　　北京十月文艺出版社
地　　址　北京北三环中路 6 号
邮　　编　100120
网　　址　www.bph.com.cn
发　　行　新经典发行有限公司
　　　　　电话 (010)68423599
经　　销　新华书店
印　　刷　三河市三佳印刷装订有限公司
版　　次　2019 年 10 月第 1 版
　　　　　2019 年 10 月第 1 次印刷
开　　本　880 毫米 ×1250 毫米　1/32
印　　张　8.25
字　　数　142 千字
书　　号　ISBN 978-7-5302-1984-3
定　　价　49.00 元
质量监督电话　010-58572393
如有印装质量问题，由本社负责调换